初恋の神様

Sachi Umino
海野幸

CHARADE BUNKO

Illustration

金ひかる

CONTENTS

明け方に見る夢はいつも朝靄《あさもや》がかかったようにおぼろで、そこに現れる人物の目鼻立ちがよく見えない。環《たまき》にわかるのは相手が自分より頭ひとつ分背が高いことと、肩幅が広いこと、腰の位置が高く日本人離れして脚が長いことくらいだ。

夢の中で差し出される手は大きい。掌《てのひら》が大きいというより指が長く、ついその手を取ってしまうとたちまち引き寄せられて、広い胸に抱き込まれる。

その瞬間、相手の顔も見えないのにいつも環は思ってしまう。

ああ、この人だったのか、と。

妙に安堵《あんど》して、とろりと目を閉じると背中に相手の腕が回され、強く抱きしめられて唇から溜息《ためいき》が漏れた。

細い風が吹き抜けるようなその音で、環はいつも目を覚ます。

目を開けると真っ先に目に飛び込んでくるのは木目の浮いた天井で、枕元《まくらもと》の目覚まし時計を見れば時刻は起床の十分前。まだ夜も明けきらぬ午前五時二十分なのだった。

ようやく三月に入ったもののまだ夜明けは遅く、布団《ふとん》を出ても空には星が出ている。

指先が凍《こご》えるほど冷たい水で顔を洗い、白い着物と浅黄色《あさぎいろ》の袴《はかま》に着替えて境内《けいだい》に出た環は、肺一杯に冷たい空気を取り入れた。境内を囲む木々が風にざわめき、その音に呼ばれた気分で参道から外れれば、木枯《こが》らしにすっかり水気を奪われた幹の向こうに、小さな家々の光が瞬《またた》いている。

高台にあるこの深逢瀬《みおうせ》神社からは、眼下に広がる東京の下町がよく見える。

ようやくうっすらと空が明るんできたこの時間帯は、眠りから覚めたばかりの家々にまばらに灯《あか》りがつく一方で、宵《よい》の口《くち》から喧騒《けんそう》とともにたくさんの人を呑《の》み込んできたビル群が、遠く眠たげに点滅を繰り返している。

ビルを見ていると、ようやく長い一日が終わるのだな、と思い、民家を見ていると、そうではなくて一日が始まるのだと思う。朝と夜の境目のような、この時間帯の風景を眺めるのが環は好きだった。

さらに視線を転じれば、薄灰色の空の下、遠くにスカイツリーの姿も見える。

神社の裏手に建つ自宅からスカイツリーまでは、徒歩と電車で二十分ほどの距離だが、環は未《いま》だ彼《か》の新名所を訪れたことがない。もう少し人混みが落ち着いたら、などと思いながら、すでに何年経《た》っただろう。

木々の間から吹きつけてくる冷たい風が、頬《ほお》にかかる長めの前髪を吹きさらう。乾いた風に目を瞬《まばた》かせ、環は朝靄の向こうににじんで見えるスカイツリーに目を凝らした。数多《あまた》のビルを従えながらも群を抜いて背の高いツリーの姿が、今朝《けさ》見た夢と微妙に重なる。

（あれって、誰のイメージなんだろう……）

中学生になった頃から、繰り返し夢に現れる背の高い人物。顔はよく見えないのだが、どうも知り合いではない気がする。だからといってまったくの他人が夢に出てくるとも思えず、きっとテレビで見た俳優や、雑誌で見たモデルなどの記憶が五目ごはんのようにザクザクと入り混じり、輪郭だけの人物像を作っているのだろう。

環が今年で三十歳になることを考えると、あの夢はもう人生の半分以上にわたり見続けていることになる。妙なものだと思う反面、夢を見た朝はほんの少しだけ気分がいい。

目鼻立ちははっきりしないものの、長身で端整な雰囲気の人物が夢に出てくると、どうしてか胸がふわりと温かくなる。今も夢の名残《なごり》で口元に笑みを浮かべた環は、近くの民家の窓にパッと明かりが灯《とも》ったのを見て我に返り、慌てて参道に戻った。

朝食の前に拝殿と神殿、それから境内の掃除を済ませ、さらに車道に下りる長い階段をすべて掃き清めておかなければならない。

浅黄色の袴の裾《すそ》を翻し掃除道具を手に拝殿へ上る環は、この深逢坂神社の神主《かんぬし》なのだ。

深逢瀬神社は縁結びの神様をお祀《まつ》りする神社だ。環の家系は代々この神社を守る社家で、環も祖父や父に倣い禰宜《ねぎ》になった。

神社から駅までは徒歩十分ほどで、周囲は昔ながらの住宅が多く閑静だ。駅に向かう途中には商店街があり、幼い頃からこの土地で暮らしている環とは全員すっかり顔なじみだ。

　東京都内とはいえまだこの辺りは緑が多い。環の自宅の側《そば》には、神社の名前の由来にもなっている深逢瀬川も流れている。バブル期の開発ブームから取り残され、下町の情緒を色濃く残す町は、スカイツリー見物の客がふらりと訪れるような名物もなく、町民たちだけが今日ものんびりとツリーを仰ぎ見ている。

　深逢瀬神社は高台にあり、参拝するには車道から長い石階段を上らなければならない。八十段に及ぶ階段を上り切れば、周囲を欅《けやき》や楠《くす》がぐるりと囲む境内が現れる。階段を上った先には朱色の鳥居が建っており、その先は石畳を敷いた真《ま》っ直《す》ぐな参道だ。途中、右手に手水《ちょうず》舎《しゃ》があり、その隣が社務所、参道を挟んで左手側には絵馬が鈴なりになって風に揺れる。

　参道の先は拝殿で、その左手には小振りな桜が植えられている。拝殿の後ろは本殿で、その背後にひっそりとL字形の母屋《おもや》が佇《たたず》んでいる。

　母屋はL字の棒の長い部分が環たちの生活空間で、短い方は主に結婚式などで親族控室や更衣室として使われている。神社に面した部分は生け垣で目隠しをされ、間に小さな庭も挟んでいるので、神社から生活圏が見えることはほとんどない。

　朝の清掃と拝礼を終え、ようやく家族揃《そろ》って朝食をとるのは朝の七時を過ぎる頃だ。

　畳敷きの茶の間にちゃぶ台を置き、豆腐の味噌汁《みそしる》に白米、紅鮭《べにじやけ》、大根の漬物という朝食をとっていると、唐突に環の父が口を開いた。

「いよいよ向かいの式場が来月オープンするそうだな」

環と同じく白の着物に紫の袴を穿《は》き、黒髪をきっちりと後ろに撫《な》でつけた父が味噌汁片手に呟《つぶや》いて、向かいで食事をしていた環と母の手が止まった。

父が言っているのは、車道を挟んで神社の斜め向かいに建つ結婚式場のことだ。去年から工事が始まり、つい先日竣工したばかりの式場は教会独立型らしく、丸い屋根に十字架の載った真っ白なチャペルが遠目からでもよく目立つ。

黒髪を結い上げ、着物の上に割烹着《かっぽうぎ》をつけた母が、汁椀《しるわん》を口に運びながら控えめに頷《うなず》く。

「商店街のおかみさんの話では、もう一般のお客様に公開が始まっているそうですよ」

「そうか。客は集まるかな」

「どうでしょう。この辺りはあまり交通の便がよくありませんし……でも、スカイツリーから近いから、若い人たちは見学に来るかもしれませんね」

「あの式場からツリーは見えないだろう。ツリーを見ながら式を挙げたいなら、高台にあるうちに来ればいいものを……！」

くそぅ、と口惜しそうに歯ぎしりする父親を見て、生臭坊主《なまぐさぼうず》、という言葉が環の頭に浮かぶ。坊主は仏門に下った者を指すから、もしかすると神主の父には当てはまらないのかもしれないが、同じ神職に就きながら同業他社の進出に目くじらを立てる姿を見ていると、どうにもその言葉が離れない。

環とて、神社の目と鼻の先に結婚式場ができたことに危機感を抱く気持ちもわからないではない。開発ブームからもスカイツリーブームからも取り残されたこの町には、そもそも他の土地からやってくる者が少ない。地域は高齢化が進み、若い世代はもっと地の利がいい場所に移りがちだ。おかげでこの深逢瀬神社も近年参拝客が減り、以前はよく行われていた結婚式を挙げる回数もめっきり減った。

それでもここ数年はパワースポットだの御朱印ガールだのの台頭で少しだけ参拝客の数が持ち直し、去年は久しぶりに結婚式の予約も入ったのだが。喜んだのも束《つか》の間《ま》、神社からこんな近くに若者が好みそうな式場ができてしまっては、そちらに客が流れかねない。

「まったく、最近の若者はブームに踊らされやすくて困ったもんだ」

憤慨した様子でそんなことを言う父だが、巷《ちまた》の女性が御朱印帳を持って神社仏閣を巡る御朱印ガールがテレビや雑誌で特集されたときは、すわブーム到来かと先走って御朱印帳を山ほど用意したものだ。だが、いかなブームとはいえこんな小さな神社までやってくる人は少なく、ほとんどが社務所の隅で売れ残っている。

人のこと言えないなぁ、とこっそり思っていたら、突然父親が環に向き直った。思いが顔に出ていたかと慌てて背筋を伸ばした環を見て、父は真顔でこんなことを言う。

「環、お前の結婚式は向かいの連中が黙り込むくらい盛大に挙げてやるからな」

近々環が結婚する予定でもあるかのごとき言《い》い種《ぐさ》に、環は頷くことも首を振ることもできず目を泳がせる。「まだ相手が見つかっていないでしょう」と横から母親が口を添えてくれたが、父はまるで意に介さない。

「そのうち見つかるだろう」

「……そのうちって、僕もういい年だよ」

「大丈夫だ。お前なんてまだ二十代そこそこにしか見えない」

男としてそれがいいことなのかどうかよくわからず、環は弱り顔で漬物に箸《はし》を伸ばす。

父の言う通り環は童顔気味で、今年で三十になるというのにうっかりするとまだ大学生のようにも見えてしまう。身長百六十センチそこそこと小柄なせいか、丸みを帯びた大きな目のせいか、はたまた全体的に線の細い印象を受けるせいかもしれない。

だが、それより何より環が複雑な心境になるのは、自分は一生結婚できないのではないかとすでに予感しているせいだ。

女性にモテない、というだけでなく、多分自分は、女性に性的な意味での興味がない。

自覚したのはいつ頃か。思い返せば中学生の時分、例の妙な夢を見始めた頃のような気もする。なんとなく男友達と話が合わないとは思っていたが、あの夢が決定打になった。

自分はどうやら女性を抱きしめるより、男性に抱きしめられる方がしっくりくる質《たち》らしい。目覚めた瞬間そう気づいて、口から漏れた声は悲嘆だったか、諦《あきら》めだったか。案外納得の吐息だったかもしれないが、十年以上前の記憶は曖昧《あいまい》ではっきりと思い出せない。

環はちゃぶ台の向こうにいる父と母の顔をそっと窺《うかが》う。この二人はきっと当たり前に自分が結婚することを期待しているのだろうと思うと、胸の底にじわりと罪悪感がにじんだ。

実際にはまだ誰とも恋愛経験がなく、案外女性と結婚などしてみたらぼんやりとつがない夫婦生活が送れてしまうような気もするのだが、そんな想像をしようとすると決まって夢に現れる人物が頭を過《よぎ》った。

もしかするとあれは、自分の理想像なのかもしれないとも思う。環の好きな五目ご飯のように、好きな物だけ寄せ集めた夢の産物。そのわりにわかるのは背の高さや肩幅の広さばかりで、一向に顔は見えないが。

改めて変な夢だと口を動かしていたら、自身が漬物を噛《か》む音の向こうから父親の呪詛《じゅそ》めいた言葉が聞こえてきて、環は呆《あき》れていったん箸を置いた。

「いいじゃない、おめでたいことなんだから。あっちだって皆の結婚を祝福しようとしてるんだし。神職に就いてる人間が、他人の不幸を願うようなことばかり言うと罰《ばち》が当たるよ」

宮司《ぐうじ》でしょう、と環が少し厳しい口調で言うと、父親も静かに箸を置いた。

「……環、確かに信仰は大切だ」

目を伏せた父が小さな溜息をつく。と思ったら、カッと両目を見開いた。

「だが先立つものがなければ死活問題だ！　うちなんて年末年始とお宮参りと戌《いぬ》の日と地鎮祭と夏越《なごし》の大祓《おおはらえ》と結婚式ぐらいしか大きい収入源がないんだぞ！」

「結構あるよ！　大丈夫だよ！」

　それでも不安だ！　と父親らしい威厳を込めて情けないことを言う父に、環はすっかり閉口する。朝から脱力感に苛《さいな》まれて再び箸を取ると、喋《しゃべ》りながらどうやって咀嚼《そしゃく》をしていたものか、すでに食事を終えた父は湯呑《ゆのみ》に入った緑茶をすすりながら言った。

「ともかくお前も早く身を固めたらどうだ。式は派手に祝ってやるぞ。いい宣伝にもなる」

　息子のことを心配しているのか神社の行く末を案じているのか判断しかねることを言う父に、環は大きな溜息をついた。

「だから、相手がいないって言ってるじゃない」

　そもそも女性を好きになったこともない、とまでは言えず環が視線を落とすと、向かいに座る父と母が顔を見合わせた。

「まぁ、お前のこともいずれうちの神様が面倒を見てくださるだろう」

「そうよ、そのうちいい御縁を結んでくださるから」

　これまで一度も実家から出たことがない環に浮いた話がないことくらい、両親もとっくに承知している。恋人ができないことを悲観したことはなかったが、自分を気遣ってくれる両親の態度は嬉《うれ》しく、環は視線を上げると二人を安心させるため、ほんの少しだけ微笑《ほほえ》んだ。

　朝食を終えた後、札を作ったり玉串を作ったりと裏方の作業を終えて環が境内に戻ったのは、午前八時半頃のことだ。

祈禱《きとう》受付時間が九時からなので、環が境内に出るのはそれより少し早い時間になる。その後はおみくじやお守りを売っている社務所で参拝客の案内をしたり、暇を見て境内の清掃をしたりと仕事は尽きない。

社務所に入った環はすぐさま足元のヒーターを入れようとして、参道に散らばった木の葉に目を留めた。強い北風に煽《あお》られたのか、今朝掃除をしたばかりなのにもう境内のそこここに落ち葉が舞っている。

落葉の時期はいつもこうだ。三月に入ったというのにまだ北風はやまず、掃いても掃いてもきりがない。さりとて神様がおわす神聖な場所を汚れたままにはしておけず、環はヒーターに伸ばした手を引き社務所を出た。

参道から拝殿の周囲を竹ぼうきで掃き清め、さらに社務所の裏へ回って環は足を止める。足元を空《から》っ風《かぜ》が吹き抜けるせいで、草履《ぞうり》を履いた爪先《つまさき》が冷え切っていた。今日は随分と風が強い。境内を囲む木々もざわざわと落ち着きがなく、落ち葉が次々降ってくる。

賽《さい》の河原で石でも積んでいる気分だ。首を伸ばして社務所の裏から参道を覗《のぞ》き込んだ環は、車道に下りる長い階段を誰かが上ってくることに気づいてほうきを動かす手を止めた。

まだ九時にもなっていないのに随分早い参拝客だ。階段を一歩一歩上ってくる人物に環が目を凝らした、次の瞬間だった。

いきなりドンと背中を押されたような、うっかり前に数歩足を出してしまうくらい強い風が背後から吹きつけてきた。

突然の強風は周囲の木々を大きく揺らし、深い緑が一斉に境内に倒れ込んでくるような錯覚に環は息を呑む。環の背後、本殿から吹きつけてきた風は勢いを増し、前触れもなく風向きが変わった。それまで環の頰に貼《は》りついていた髪の先が上を向く。風は参道の途中でうねりを上げて、真下から突き上げるように上空に吹き抜ける。

風の動きは目に見えない。それどころか、強風に前髪を煽《あお》られ視界さえ奪われた環にそれが見えるはずもない。けれど確かに空に向かって風が吹き上げていったと思ったのは、拝殿の前の鈴が今まで聞いたことのない音を立てたからだ。

聞き慣れた、ガランガランと左右に揺れる音とは違う、ガガガッと上下に揺さぶられたような音だった。

ガラァン、と、最後に一際大きな音を立てて鈴が鳴り、環は乱れた前髪の下で恐る恐る目を開けた。

すでに風は収まって、周囲の木々は普段通りの顔でさらさらと静かに揺れている。乱れた髪を手櫛《てぐし》で整え参道に視線を戻すと、朝よりずっと多くの葉が落ちていた。また最初から掃除のやり直しだ。

溜息をつくつもりで大きく息を吸い込んで、環は境内の入口にある鳥居に目を向ける。それきり、吐きかけていた息を止めてしまった。

　風が吹く前は階段を上っていた人物が、鳥居をくぐって参道を歩いている。背の高い男性だ。強風に怯《ひる》んだ様子もなく近づいてくるが、社務所の裏にいる環には気づいていないらしい。

　見慣れぬ服装をした男だった。黒い立て襟の上着と黒のズボンは、一瞬学ランのように見えなくもないが、それにしては上着の裾が長い。膝《ひざ》を隠してしまうくらいだ。

　さほど早く歩いているようには見えないが、歩幅が広いせいか男はあっという間に環に近づいてくる。それに伴い男の胸元でロザリオが揺れているのが見え、神父《しんぷ》さんだ、と頭の片隅で思った。けれど環の思考の大半は、もっと別の方に向いている。

　環自身、自分が何に気を取られているのかとっさにはわからなかった。わからないのに、社務所の前を通り過ぎ、真っ直ぐ拝殿に歩いていく神父らしき男から目を逸《そ》らせない。

　賽銭箱《さいせんばこ》の前で男が立ち止まり、環の目はその広い背中に釘《くぎ》づけになる。

　似ている、と思った。何に、と自問して、環はあっと息を吞む。

　拝殿の前にいる男の立ち姿は、環がたびたび夢で見る男性とそっくりだったのだ。

（い、いや、そっくりって言ったってそんな、実在の人でもないのに――……）

　でも似ている。何しろ十年以上も見続けてきた夢だ。夢に現れる人物の体のラインは、目を閉じれば鮮明に頭に思い浮かぶ。

あれは単なる自分の理想像ではなかったのかと思いかけ、環はハッとした。

ということはつまり、今目の前にいる人物こそが、自分の理想を完璧《かんぺき》に体現した男ということになるのではないか。

（いや、でもそんな……後ろ姿を見たくらいで、顔だってよくわからないのに）

実際は参道を歩いてくる男の顔を見ているはずなのに、どうしてか環の頭からその映像はすこんと抜け落ちている。きっと夢に出てくる人物は顔立ちがはっきりしないので、見覚えのある体の方にばかり目がいってしまったせいだろう。

夢と現実を混同するなんてどうかしていると強いて自分を笑い飛ばし、環は拝殿の前に立つ男の様子を見守る。男は先刻からずっと同じ体勢のままで、鈴を鳴らすでもなければ賽銭を入れるでもなく、両手を合わせる様子すらない。

（神父さんだから、異教の神様に手は合わせないのかな……でも、だったらどうしてここに来たんだろう？）

もしや参拝が目的ではなく、神社の人間に用事があるのだろうか。そう思いついた環は慌ただしく視線を巡らせ、境内に自分しかいないのを確認すると、意を決して参道に出た。

神父服を着た男性に、環は一歩一歩近づいていく。それだけなのに、かつてなく緊張が高まって心拍数が急上昇した。あと一歩というところまで男に近づき口を開くと、草履の裏が石畳を蹴《け》る音が聞こえたのか、男の方が先にこちらを向いた。

あの、と言いかけた口の形もそのままに男の顔を見た環は、本気で腰を抜かすかと思った。男の顔は、どう見ても日本人のそれではなかった。髪が黒いので後ろから見たときは気づかなかったが、瞳の色はヘーゼルで、瞬きをすると虹彩に微《かす》かに緑の光が混ざる。鼻梁《びりょう》が高く彫りも深い。けれどわずかに日本人に通じる雰囲気が目鼻の間に漂っていて、もしかすると多少は日系の血も混じっているのかもしれない。

だが環が驚いた理由は、それだけではなかった。

夢の中に出てくる人物は、背の高さや胸の広さ、指の長さなど細部はかなり克明に思い出せるのに、どうしても顔の印象を摑《つか》むことができなかった。だから振り返った男の顔を見た瞬間、その後ろ姿を目で追っていたときのように、似ている、とは環も思わなかった。代わりに胸に転がり落ちたのは、こんな言葉だ。

(——……この人だ)

夢の中に出てきたのはこの人だ、と思ったのか、理想の人はこの人だ、と思ったのか。自分でも正確にはわからなかったがその思いは環の体の芯《しん》を打ち、それで震え上がって腰を抜かしそうになったのである。

肩越しにこちらを振り返った神父らしき男が、ゆっくり環に向き直る。年の頃は二十代の後半といったところだろうか。きちんと整えられた髪が秀でた額の上で揺れ、神父が瞬きをするとまた瞳《ひとみ》の表面に緑の光が瞬いた。

自分が相手を見ているということは、相手もまた自分を見ているのだという当たり前の事実に思い至り急速に我に返った環だが、まだ神父の顔を見た衝撃から立ち直れず、口にすべき言葉も見つからない。ただ、相手は外国の人だから日本語は通じないととっさに思い、ついでに神父が拝殿の前で微動だにしなかったのを思い出し、前のめりになって口を開いた。

「キ、キャンユー……」

参拝の方法はわかりますか？　と尋ねようとしたのだが、参拝という単語も方法という言い回しもまったく頭に思い浮かばず、環はぱくぱくと唇を上下させる。その間も神父はじっと環を見ていて、それだけで首筋から頭のてっぺんまでカーッと血が上った。

「オ……オッケー……？」

自分の目線よりも高いところにある神父の目が軽く見開かれる。何を言われたのか理解できなかったのかもしれない。環も口にしてから頭を抱えたくなった。自分でも何がオッケーなのかさっぱりわからない。

環はぎこちなく右手を上げると、顔の前で力なく手を振る。そうじゃない、もっと的確な言葉があったはずだと頭ではわかっているが、訂正するべき言葉も見当たらない。

（い……今時中学生だってもっとましなこと言うだろうに……）

よっぽど頭が悪いと思われたのではないかと恐る恐る神父の顔を見上げると、それまで目を丸くして環を見ていた神父が、ふいにふわりと微笑んだ。

茶色い瞳が優しく細められ、肉厚な唇が笑みで引き伸ばされる。神父は笑みを浮かべたまま、自身の語彙《ごい》力に落胆する環に向かってわずかに顎《あご》を引き頷いた。ありがとう、とも、大丈夫、とも言っているような表情で。

その顔を見て、初めて環も気がついた。目の前で笑う神父が、この辺りでは稀《まれ》な美丈夫だということに。

なぜ今まで気づかなかったのかと、またしても環は腰を抜かしそうになる。

唐突に現れた神父の纏《まと》う雰囲気が夢に出てくる人物と酷似していたものだから、そこに気を取られてうっかり見逃していた。視界一杯に映り込んだ大写真の全体像が掴めず、一歩引いてみてようやくそこに美しいものが映っていたと気づいたようなものだ。

秀麗な顔に見惚《みと》れて声も出ない環に、神父は軽い一礼をする。最後に一瞬だけ環と視線を合わせた神父は来たときと同じようにゆったりとした足取りで参道を歩き、車道に至る階段を下りていってしまった。

環は片手にほうきを握り締めたまま、黒い神父服に包まれた広い背中を見送る。

階段の向こうに神父の足から腰が消えていき、さらに背中、肩、頭のてっぺんまで見えなくなって、境内に元の静けさが戻っても、環はほうきの柄を握り締めたまま、神父が去っていった方から目を逸らすことができなかった。

薄い足袋《たび》を履いただけの爪先が、なぜか湯上がりのように温かい。

参道の向こうで木々が揺れている。風は相変わらず冷たいが、不思議と寒さを感じない。

「環、そろそろ受付代わってあげるから、お昼ご飯食べてらっしゃい」

社務所の裏に続く扉から環の母が顔を出す。途中、声に白い息が混じったことに気づいたらしく顔をしかめた。

「あら、ヒーターつけてないの？　寒いじゃない」

うん、と力ない返事をする環は参道に顔を向けたまま、一向に母親を振り返らない。もう一度名前を呼ばれてようやく振り向くと、あら、と母が眉《まゆ》を上げた。

「貴方《あなた》、熱でもあるの？　顔が赤いわよ」

母の言う通り環の頬はうっすら赤く、顔つきもぼんやりして心許《こころもと》ない。

風邪《かぜ》でも引いたの？　と顔を覗き込んでくる母親に環は力なく首を振った。

体調は悪くない。ただ、今朝見た神父のことを思い出すと、心臓がいつもより活発に動き、体中に滞りなく温かい血を送って全身がやけにぽかぽかするだけだ。温かな血は頭にまで上り、脳味噌まで茹《ゆ》だってしまった気もしなくはない。

「本当に大丈夫？　もし具合が悪いようだったら午後は少し休みなさい。それから、圭吾《けいご》君から葉書きが来てたわよ、ちゃぶ台の上に置いておいたから」

母の言葉に適当な相槌《あいづち》を打ち、環はふらふらと社務所を出て母屋へ向かう。

茶の間に戻ると、ちゃぶ台の上には茶碗《ちゃわん》に盛られた炊き込み飯と、湯気を上げる麩《ふ》の味噌汁が置かれていた。父親の分も用意してあるが、まだ仕事を切り上げるめどがつかないのかその場に父の姿はない。

箸置きの隣には絵葉書きが一枚置かれている。いずこかの渓谷《けいこく》と思《おぼ》しき深い緑の写真を裏返すと、大きくて乱雑な、見慣れた文字が目に飛び込んできた。

手紙の差出人は肥田《ひだ》圭吾。環の小学校時代からの友人だ。

圭吾は幼い頃から体が大きく、小柄な環と並ぶととても同じ年には見えないでこぼこコンビだった。にもかかわらず不思議と互いに気が合って、小中学校時代はもちろん、別々の学校に通っていた高校時代もしばしば互いの家を行き来していたほどだ。

圭吾は大学を卒業すると大きなボストンバッグをひとつ背負って海外に赴き、それ以来一年のほとんどを異国の地で過ごしている。手持ちが少なくなると日本に戻り、しこたま稼いでまた海外へ出る圭吾の職業は、自称写真家だ。筋骨隆々な見た目に似合わず繊細な手つきでカメラを扱い、ファインダー越しに大きく口を広げて笑う。

葉書きには、ごく短い言葉で近々日本に帰国する旨が書かれていた。環はちゃぶ台の前に座って何度も葉書きに書かれた文字を読み返すが、一向に内容が頭に入ってこない。ほんの数行の文字を目で拾う間も、神父の姿が瞼《まぶた》の裏にちらついて離れなかった。

昼食に手をつけるのも忘れてぼんやり葉書きに視線を落としていると、廊下から慌ただしい足音が近づいてきた。

顔を上げる間もなく、廊下に面した襖《ふすま》がスパーンと鋭い音を立てて開かれる。その向こうに立っていたのは父だ。肩で息をした父は、後ろに撫でつけた前髪から一筋髪が垂れているのにも構わず、環の顔を見るなり大声を上げた。

「向かいの式場に神父が来たらしいぞ！」

神父、という単語に環の顎がびくりと跳ねる。大股《おおまた》で茶の間に入ってきた父は、雷に打たれたような顔で目を見開く環の腕を摑んで引き起こした。

「隣に回覧板を届けに行ったら、今朝早く教会に神父が入るのを隣の婆《ばあ》さんが見たそうだ！」

無理矢理立たされたと思ったら廊下に引っ張り出され、環はうろたえた声を上げる。

「ち、ちょっと、どこに……」

「決まってるだろう！　視察だ！」

言いながら、父はまだ状況が把握できていない環を引きずり、母屋の外に出てしまう。環も草履を足に引っかけ、言葉を挟む余裕もなく父とともに参道を駆けた。

すでに大体の事情を察しているのだろう母の呆れ顔が視界の端を過る。環自身、視察なんてして何になるの、と至極もっともな言葉が喉元《のどもと》まで込み上げるものの、ついにそれが声になることはなかった。神父という単語が環の思考力を奪ってしまう。

階段を下り車道を斜めに横切れば、もう数十メートル先ができたばかりの結婚式場だ。駐車場が併設された式場はすでに見学者を受け入れているらしく、場内に続く門が大きく開かれ、入口に警備員らしき男性も立っている。

駐車場の前を駆け抜け、道路に沿って植えられた背の高い植物を横目に、環は言葉もなく父親と走る。工事が始まってからというもの高台の自宅からその進捗《しんちょく》状況を見守ってきたから、お互い言わずとも行き先はわかっていた。もう少し行くと背の高い白い門扉が現れ、その向こうに丸屋根も美しい教会が現れるのだ。

わざと道行く人にも見えるようにしているのだろう。大人の身長の二倍はある格子状の門扉の向こうには絨毯《じゅうたん》を敷いた大階段があり、その先に重々しい教会の両開きの扉が見える。だが肝心の扉はぴたりと閉まって人気《ひとけ》がなく、ここで待っていたところで神父が現れるとは限らない。父も肩で息をしながら同じことを思っているようだが、引っ込みがつかない顔で教会を凝視している。

そのとき、神の思し召しとしか思えないタイミングで大階段の上の扉が開いた。

環と父は息を呑み、互いの腕を取り合ってその向こうから現れる人物を待ち構える。だが、扉を開けて出てきたのは黒のパンツスーツを着た女性だ。

式場の関係者だろうか。長い髪を後ろで一本に縛って颯爽《さっそう》と教会から出てきた女性を見て、環たちは肩の力を抜く。張り詰めていた緊張が途切れ、全身が弛緩《しかん》した。そのまま顔を見合わせ、何をやってるんだろうね、と互いに笑ってその場を立ち去ろうとしたときだった。

まだ閉じ切っていなかった扉の向こうから、さらにもうひとり外へ出てくる者があった。裾が膝まである立て襟の黒い上着に、黒いズボンを穿いた男性だ。真上からの日差しを受けて胸元できらりと光ったのはロザリオか。先に出てきた女性よりも頭ひとつ分背が高く、遠目にも目鼻立ちがくっきりして、明らかに異国の血を引いている。

間違いない、今朝神社にやってきた神父だ。

再びまみえたその姿に、環は息をするのも失念する。ただただ神父の姿に目を奪われて大きく両目を見開いていると、ガシャン、と大きな音がして現実に引き戻された。

横を向くと、父親が門扉を握り締めてがっくりと項垂《うなだ》れていた。何か言っている、と耳を近づけると、呻《うめ》くような声で父が言う。

「もう駄目だ、イケメンだ……！」

続けて「あの神父だけで客が呼べる」と呟いた父の声は悲嘆に暮れていて、素直に同意しそうになった環は慌てて父の背に手を添えた。

「大丈夫だよ、よそはよそ、うちはうちでしょう？　それに来週はうちも久しぶりに結婚式があるんだから、まずはそっちを頑張ろう」

今にも地面に突っ伏しかねない勢いの父親を支えつつも、環は大階段の上に立つ神父が気になって仕方がない。

ちらりと視線を向けると、階上からスーツ姿の女性と神父が揃ってこちらを見ていた。

考えてみれば、距離が離れている上に門扉越しとはいえ、教会の真正面に立っている自分たちの姿は上の二人から丸見えだ。その上自分も父親も、白の着物に袴という無闇《むやみ》に目立つ格好をしている。目を引かないはずがない。

スーツの女性は明らかに胡散臭《うさんくさ》げな顔をしている。神父も同じ顔をしているのでは、と身も竦《すく》む思いで視線を上げると、遠くからこちらを見る神父と目が合った。

遠目にも華やかな雰囲気を纏った神父は環が目を上げるのを待っていたようなタイミングで微笑むと、環に軽く会釈をした。きっと今朝神社で会ったことを覚えていたのだろう。

ただそれだけの仕草だったのに、相手がこちらを見ていると思ったら心臓だけでなく全身がポンプになったかのように血液が勢いよく全身を駆け巡った。環は慌てて自分も頭を下げると、項垂れる父の腕を取り一目散にその場から走り去る。

吹きつける風は相変わらず冷たい。それなのにまだ神父がこちらを見ているかもしれないと思うと、寒風にさらされる耳は砂漠の熱風に煽られたかのように熱を持ち、爪先も熱砂を踏んだかのように熱くなるのが、環には本当に不思議だった。

上空に厚い雲が広がっている。遠くに見えるスカイツリーも、今日はいつもより空に近い。

昨日の夜から天気が崩れ出し、夜が明けても空は暗いままだ。雨は降ったりやんだりを繰り返し、時折雲の向こうからごろごろと雷の音が聞こえてくる。

（いっそのこと夜のうちにザァッと降ってくれればよかったのに……）

母屋の和室から窓の外を眺めて溜息をついた環は、父に同意を求めようと室内を振り返って、また溜息をついた。

いつもは白の着物に紫の袴を穿いている父が、今日は水色の袴に狩衣《かりぎぬ》をつけた正装をしている。その上一時間も前から母の鏡台の前に陣取って、ああでもないこうでもないと眉を整えているのだ。

「父さん……今日の主役は父さんじゃなくて、新郎新婦だよ」

まだ夜も明ける前から鏡に向かい続ける父親に環は疲れた声をかけるが、父は一向に振り返らない。母親は、とうの昔にさじを投げた。

今日は神社で結婚式がある。去年のうちに予約が入った式で、深逢瀬神社では随分久しぶりの挙式だ。父が張り切る気持ちもわかるが、それにしたって気合いの入り方が間違っているように環は思う。

「……向かいの神父様に対抗したって無駄でしょう」

控えめに指摘してみると、父親がぐるりと体を回して環を見た。どうやら図星だったらしい。けれど環の言葉を否定することはせず、静かな口調でこう切り返す。

「噂《うわさ》によると、あそこの神父はイタリア人らしい」

「え……っ、そんな情報どこから……」

身を乗り出した環に「隣の婆さんからだ」と素っ気なく返して父は再び鏡台に向かった。

「イタリアといえばキリスト教の本場だろう。そんな輩《やから》を相手に回して、こっちが気合いを入れないでどうする」

「……イタリアって、キリスト教の本場だっけ？」

「よくわからんが、バチカンはイタリアにあるんだろう？」

確かにイタリア国内にあるけど別々の国だよ、と口先だけで応《こた》えながら、あの人イタリア人だったのか、と環は思う。

（だったらこの前英語で話しかけても通じなかったのかな……でも、イタリア語なんてもっとわからないし……）

あの日以来、神父は神社にやってこない。環の方も再び教会を訪れる勇気がなく、一度も神父の顔は見ないままだ。

明け方の夢も見ていない。もともと年に数度見る程度だったが、最近は目覚めるたびに落胆の吐息が漏れる。夢に出てくる人物と神父が本当に似ているのか確かめたいし、似ているなら夢でもいいから出てきて欲しいと願っているのだが。

今も神父のことを考えるだけで息苦しくなって畳に視線を落とした環は、どうしてこんな気分になるのだろうと自分で自分の心を探る。

自分はあの神父の人となりも知らなければ声を聞いたことすらない。それなのに、気がつけば思考の大半を神父が占めている。まだ聞いたこともない声や、見たこともない仕草を想像しているだけで日が暮れていることもしばしばだ。

(……一目《ひとめ》惚《ぼ》れってやつなのかなぁ)

確信も持てず環は首を傾《かし》げる。自分だけでなく、世の中の人たちもこんなふうに唐突に恋に落ちるものなのだろうか。まともな恋愛経験すらない環には、この状態が正常なのか異常なのか判断がつかない。

環は小さく首を振ると、いつまでも丹念に眉を整えている父親は放っておいて窓の外に目を向けた。今日はめでたい結婚式だ。せめてこんな日くらいは神父のことを頭から追い出し、挙式に集中しなければ。

(式が終わるまで、天気が持ってくれるといいんだけど……)

環は一心に空を見上げる。少しでも気を緩めると神父のことを考えてしまう自分を戒めるように、ぎゅっと両手を握り締めて。

挙式は正午からだが、新郎新婦は朝の八時にはもう神社にやってきた。

新婦は親族控え室からさらに奥、母屋に近い衣装室で白無垢《しろむく》に着替え、化粧をして、日本髪のカツラをかぶらなければならない。隣の部屋では新郎も紋付き袴の着つけを行う。

次にやってきたのは親族の女性たちだ。彼女たちも衣装室で江戸棲《えどつま》を着つけてもらい、希望者にはメイクも施す。

普段は親子三人でひっそりと営んでいる深逢瀬神社も、この日ばかりは貸衣装店の主人や美容師やバイトの巫女《みこ》さんなどがやってきて賑《にぎ》やかだ。

式の一時間前には親族たちも大方集まり、時間通りに結婚式は始まった。

普段は閉ざされている拝殿の戸が開け放たれ、そこにずらりと黒いスーツや着物を纏った親族たちが並ぶ。祭壇には御神酒《おみき》の他に鯛《たい》や果物、米などが置かれ、その両隣に青々とした榊《さかき》が生けられた。

まずは参進。環の演奏する篳篥《ひちりき》の音色と、近所に住む大学生バイトが叩《たた》く太鼓の音が響く中、参道から新郎新婦がやってくる。

参道をしずしずと歩く新郎新婦の顔は緊張で強張《こわば》っている。だが環たちも、たまにしか行わない儀式には不慣れな点が多々あり、緊張度合いは新郎新婦と変わらない。

特に久々の挙式で気合いの入っている父親は武者震いすら起こしそうな勢いだ。整えすぎた眉が麻呂眉《まろまゆ》のようになっているのも自覚できず、額に汗を浮かべて祝詞《のりと》を奏上している。

祝詞の後は三献《さんこん》の儀。いわゆる三々九度を行い、誓詞《せいし》奉読《ほうどく》、誓いの言葉を述べる。その後も新郎新婦の玉串奉奠《ほうてん》や指輪の交換などがあり、親族が固めの 盃《さかずき》 を交わしてようやく式が終了する。

正味一時間。大きな失敗もなく式を終え、環は緊張で強張った体からほっと力を抜く。この後は新郎新婦と親族を披露宴会場である近くの料亭に案内して終了だ。

幸い式の最中は天気も持ってくれた。雲に覆われた空からぽつぽつと弱い雨が降り出したのは式が終わった頃のことだ。

花嫁も白無垢から大柄な花模様が美しい色留《いろと》め袖《そで》に着替え、お色直しは万端だ。せっかくの着物が濡《ぬ》れてもいけないしタクシーを呼ぼうか、と列席者たちが手配を始めたときのこと。

唐突に、環の父が待ったをかけた。

「せっかくですから歩いて行かれてはいかがでしょう。料亭までは十分ほどですし、途中で商店街があります。新郎新婦ご一行様を商店街の人たちが拍手で迎えてくれますよ」

熱の入った祝詞の名残でまだ声を掠《かす》れさせた父が胸を張る。

父の言う通り料亭は商店街を抜けた先にあり、正装した父を先頭に結婚式を終えた一行が商店街を歩くと、状況を察した店の人々が温かな拍手を送ってくれる。中には店を放り出してまで手を叩いてくれる主人もいて、華やかに列が進むのが恒例だ。

とはいえ外では雨が降り出しており、環は慌てて背後から父の着物の袖を摑んだ。

「父さん、何もこんな日に歩いていかなくたって……！」

「何を言う、商店街の人たちにまで祝ってもらえる、下町情緒満点な演出がうちの神社の最大の売りだぞ！」

やはりまだ、向かいの式場を強く意識しているらしい。

結局父親は必死で止める環と母親を振り切って皆を外に出し、自分が先頭に立ち張り切って車道に出る階段を下り始めた。

列の最後尾についた環は、真っ黒な空を見上げて着物の胸元を握り締める。どう見ても、式が終わった直後よりも空が暗い。今にも本降りになりそうだ。

実際外に出るとすぐ、環の鼻先に雨の粒が落ちた。タクシーを使うべきだと思ったが、総勢二十名ほどの列はすでに進み出している。

（でも、朝からずっと降ったりやんだりだったし、そんなに雨脚も強くなかったし……料亭までは十分もかからないから、大丈夫……だと、いいんだけど……）

希望的観測を胸に抱き、環はゆっくりと階段を下りる。列席者には高齢の者も多く、普段なら一分もかからず車道まで到着するのに、今は一歩一歩踏み締めるようでなかなか下まで辿《たど》り着かない。首を伸ばして下を覗き込むと、列の中には車椅子《くるまいす》を担いだ者や、その乗り手なのか別の人物に負ぶわれた白髪の女性の姿も見え、やはりおとなしくタクシーを呼ぶべきだったのではないかと申し訳ない気分になった。

幅の狭い石階段の両脇は野放図に草の生えた斜面だ。そこにぽつぽつと雨の粒が当たり、かすかに草花が揺れている。名前も知らない白い花がゆら、ゆら、と揺れる様を横目で見ながら階段を下りていた環は、ほんの三段下りる間にその揺れ方が激しくなったのを察し、思わず喉を上下させた。

これは一気に激しくなる、と環が予感するのと、小雨《こさめ》が洗車機に突っ込んだかのような大雨に変化するのに、ほとんど時差はなかった。

環が車道に下りたときには、参道を歩くとき整然と並んでいた親族の列はすでに跡形もなく崩れていた。ゲリラ豪雨としか言いようのない突然の大雨に、そこかしこで悲鳴が上がる。色留め袖を着て綺麗《きれい》に髪を整えた花嫁の頭に新郎が必死で羽織の袖をかぶせているが、この雨の勢いではあっという間に髪も崩れてしまうだろう。

「どうしよう、傘を……いや、一度神社に……！」

雨の中で誰かが叫ぶが、統制を失った人たちはすぐに動き出せない。一応階段に向かう人もいるが、高齢者の手を引いている者も多く、すぐには境内に戻れそうもない状況だ。

環は慌てて神社に傘を取りに戻ろうとするが、階段を上り始めた参列者の先頭は足元も覚《おぼ》束《つか》ない老人だ。その横をすり抜けて駆け上がったとしても、二十名近くいる全員に配れるほど多くの傘など用意していない。

弱り果て、空を仰いだ環の顔面を冷たい雨がぴしゃりと叩く。目の端では烏帽子《えぼし》をかぶった父親が成す術《すべ》もなく立ち尽くしていて、現状から目を背けてしまいたくなり環は思わず瞼を閉じる。そのとき、どこかでバシャンと大きな音を立てて水たまりが撥《は》ねた。

悲鳴を上げていた参列者たちの声が少しだけ小さくなった気がして再び目を開けると、なぜか周囲の人たちが揃って同じ方向を見ている。つられてそちらに顔を向け、環は大きく目を見開いた。

皆が見ていたのは車道を挟んだ斜め向かいに建つ結婚式場だ。その駐車場から誰かが飛び出し、一直線に環たちの方へ走ってくる。

視界が雨でけぶっているため、その人物が黒っぽい服を着た長身の男であるということくらいしかわかりようもなかったが、環はとっさに、神父様だ、と思った。途端に体を濡らす冷たい雨が、温かい湯にすり替わる錯覚に襲われる。

雨をかき分けるように走ってきたのは、環の予想に違《たが》わず件《くだん》の神父だった。神父は片手に数本のビニール傘を抱えているものの自分では差さず、参列者に片っ端からその傘を渡し始めた。

突然の神父の登場に唖然《あぜん》としていた参列者たちも、傘を手渡されると皆我に返った顔で次々と頭上に傘を広げ出した。神父が持ってきたのは式場の備品らしく、ビニール部分に式場の名前がプリントされている。

車道に下りてきた環たち一行を、偶然式場から見かけたのだろうか。取るものとりあえずといった様子で前髪から水を滴らせ傘を配り歩く神父は、手持ちの傘がなくなるとまた式場に駆け戻ろうとした。そこへ遅れて他の式場スタッフらしき者も駆けつけて、彼らの持ってきた傘を受け取ると神父は手早くそれらも皆に手渡す。

すべての列席者に傘が行き渡ることはなかったが、それでもひとつの傘に二人が寄り添えば問題なく雨は防げる。それなのに神父はまた式場に戻ろうと踵《きびす》を返すので、雨で濡れた烏帽子を斜めにかぶった環の父が、慌ててそれを呼び止めた。

「神父様、もう結構です、十分ですから――……！」

すでに走り始めていた神父が振り返る。前髪はすっかり濡れて雫《しずく》を落とし、黒い服も肩の部分が重く濡れているというのに、神父はそれを気にする様子もない。

父親は神父に駆け寄ると持っていた傘を神父に差しかけ、深く頭を下げた。

「お心遣い、大変にありがとうございます」

環はそれを、父親の斜め後ろに立って見詰めていた。

いつまでも頭を下げ続ける父を見下ろした神父は口元に優しい笑みを浮かべると、片手を伸ばして軽く父の肩を叩いた。

ようやく父が顔を上げると、神父は微笑んで頭上を指差す。見上げた空は薄灰色で、雨脚は大分弱まっているようだ。通り雨だったのか、雲の向こうからうっすらと日が差している部分もある。

空を見ていた父が再び前を向くのを待って、よかったですね、というように神父は目を細める。そして遠巻きにこちらを見る新郎新婦たちに、胸の前で十字を切ってみせた。

見送るように神父が手を振ると、滞っていた参列者も会釈をして動き始めた。

環も神父に向けた視線を無理やり引きはがして料亭へ向かう。本当はいつまでも神父に見惚れていたかったが、頬や耳が不自然なほど赤くなっていることが自分でもわかったので、これ以上その場にとどまることができなかった。

火照《ほて》った頬を冷まそうと掌で顔を扇いで辺りを見回すと、階段の側に車椅子に乗った白髪の女性がぽつんと取り残されているのが目に留まった。女性は傘を差しているが、周囲に車椅子を押す人の姿は見受けられない。

「よろしければ、料亭まで押していきましょうか?」

環が声をかけると、女性は驚いた顔で目を瞬かせた。

「でも、神主様のお手を煩わせるのは……」

「構いません、もともとはうちの宮司が妙なことを言い出したのが原因ですから」

環は二人でひとつの傘に入っていた参列者に自分の傘を手渡すと、両手で車椅子を押して歩き出す。雨は小雨になっているし、片手で車椅子を押せるほど器用でもない。

すでに列もなく、てんでバラバラに料亭へ向かう参列者たちの最後尾を環はのんびりと歩く。道すがら新郎の大叔母《おおおば》だという車椅子の女性と他愛のない話をしていると、それまでぽつぽつと環の肩に落ちていた雨粒が途切れた。

「あ、雨がやんだみたいですね」

「あらそう？　……あらら、まだ降ってるみたいだけど」

椅子に座って傘を傾けた女性が首をひねる。あれ？　と環も頭上を見遣り、そこにビニール傘の縁が見え隠れしているのに気づいてギョッと背後を振り返った。

目を向けたそこには、傘を差して環たちの後をついてくる神父の姿があった。傘の先を環の方に傾けて、雨から環を守ってくれている。

環と目が合うと、神父はさも当たり前の顔でにっこりと笑った。そのままいつまでも環の後をついてこようとするので、環は裏返った声を上げる。

「ノ……ノーノー！　アアア、アイム……ファイン！」

環としては、そんなことをしてくれなくても大丈夫です、と伝えたかったのだが、とっさに口走った言葉は、「私は元気です」という意味で、当然神父に環の思いは伝わらない。案の定神父は口元に笑みを残したまま不思議そうな顔で首を傾げてしまい、環は必死で正しい言葉を探す。その間も視線は神父に釘づけで、頭の中は真っ白だ。

「あ、の、のー…っ…ノープロブレム！」

小声になった環に耳を寄せるように神父が顔を近づけてきて、危うく悲鳴を上げかけたところで、ようやくそれらしいセリフが出てきた。

かなり言葉足らずだったものの、神父もおぼろに環が訴えようとしていることに気づいたようだ。話しながら車椅子を押す環が右左に蛇行しているのも危ないと思ったのか、おとなしくその場で足を止める。

傘を差した神父が眉尻《まゆじり》を下げ、大丈夫なのか、というような顔をしたので、環は大きな動作で頷いた。それを見た神父は仕方がないと言いたげに肩を竦《すく》め、それから胸の前で小さく環に手を振る。気をつけて、とでもいうように、綺麗な顔に笑みを浮かべて。

思いがけず表情豊かな神父の反応に胸を高鳴らせつつ頭を下げて、環はようやく前に向き直る。車椅子を押し始めてからさほど歩いたわけでもないのに、長距離マラソンを終えた直後のように膝ががくがくと揺れていた。心臓が顔の位置まで上がってきてしまったのではないかと疑うくらい、心音がうるさく耳を打つ。

車椅子に乗った女性に気取られぬよう呼吸を整えていると、横からスッと傘を差しかけられた。一瞬どきりとしたものの、そこにいたのは環の父だ。

雨に打たれ、烏帽子の下からはみ出たほつれ毛を頬にかけた父親は、真っ直ぐに前を向いたまま口を開く。

「異教徒の我々にもよくしてくださる……いい神父様だな」

今朝、鏡台の前に陣取り躍起になって神父に対抗意識を燃やしていたはずの父親は、そんなことを呟いてそっと背後を振り返る。環も一緒に後ろを向くと、先程環と別れた場所にまだ神父は立っていて、環たち親子に向かって頭の上で大きく手を振った。一行が見えなくなるまで見送ってくれるつもりらしい。

会釈をして、父親が再び前を向く。環も遅れてそれに続くと、父親が乾いた唇の間から細く長い溜息をついた。

「……もう、あの神父様を敵視するのはやめよう」

傍若無人な父にしては珍しく本気で反省しているらしい。元から神父に対して敵対心など抱いていなかった環も、余計な口は挟まずおとなしく頷く。

半透明のビニール傘の向こうには、雲の間に青い空が見え始めていた。

途中トラブルもあったもののなんとか挙式を終え、午後からは通常通り一般の参拝客の対応もして、夜の七時に社務所の灯りを落とした環は早速自宅の台所へ向かった。朝と昼の食事は母が準備してくれるが、夕食は環が支度をするのがこの家のルールだ。

今日は慌ただしくなるだろうからと、昨日のうちにいろいろと作っておいたのは正解だった。疲れた体を引きずり台所に立った環は、ガスコンロの上に置かれていた大きな鍋《なべ》の蓋《ふた》を開け、あれ、と目を瞬かせた。

二、三日はもつようにと鍋一杯に作っておいた根菜と鶏肉《とりにく》の煮物が、昨日より明らかに少なくなっている。仕事の合間に誰かつまみ食いでもしたのだろうかと思ったが、それにしては減り方が多すぎた。

首をひねりつつ環が煮物を温め直していると、台所に父親がやってきた。

普段料理など作らない父が台所に来るのは珍しい。しかも随分ご機嫌だ。何事かと横目で窺《うかが》い見ていると、父は調理台の上に紙袋をひとつ置いた。

「何それ？」

食器棚から皿を出しながら環が尋ねると、「煮物の残りだ」と返事があった。理解しかねて袋の中を覗き込むと、プラスチックの大きな保存容器の中に根菜の煮物が入っている。どう見ても、たった今コンロの上で温めているのと同じ物だ。

「器二つ分持っていったんだが、半分しか受け取っていただけなかった」

「え、だ、誰に……？」

「神父様だ。傘を返しに行くついでに、お裾《すそ》分《わ》けしてきた」

驚いて、環は危うく取り出したばかりの大皿を床に落としそうになった。すんでのところでそれを持ち直し、大股で父に詰め寄る。

「し、神父様って、向かいの⁉　えっ、この煮物持っていったの？　僕が作った？」

「ああ、大変喜んでくださったぞ」

嘘《うそ》だ、と反射的に環は叫ぶ。相手はイタリア人なのだ。かつおだしと醤油《しょうゆ》とみりんで煮詰めた煮物など喜んでくれるはずがない。

「なんで言ってくれなかったのさ！　言ってくれればもうちょっとこう、トマトとかチーズとか使った料理作ったのに！　せめてオリーブオイルとか！」

「何を言う。異国の方だからこそ素朴な日本の料理が珍しいんだろう」

「だって本当に喜んでくれたの⁉　父さんイタリア語なんてわからないでしょ！」

「失礼な、ボディーランゲッジで十分わかったぞ」

微妙な日本語訛《なま》りの横文字を披露して胸を張る父親の前で、環は台所の冷たい床にへたり込んでしまいそうになった。

ただでさえ、雨の中新郎新婦を外に出したりして、非常識と思われたのではと不安に思っていたのに、追い打ちをかけるように作り置きの煮物をお礼に持っていくなんて。

環としては後日改めて菓子折りでも買っていくつもりだったのに。言葉は通じなくともそれで少し顔見知りになれたら、などと思っていた密《ひそ》かな計画も水の泡だ。

悄然《しょうぜん》と肩を落とす環の落胆など気づかぬ様子で、父はプラスチックの器に詰めた煮物から鶏肉をつまみ上げ、満足そうにそれを口に放り込んだ。


仕事の合間に図書館で借りてきた本は、かなり古いものなのか全体的に黄ばんでいる。そのわりに借りる人が少ないのか、ページはピシリとして汚れも少ない。

平日の午後、環は社務所で膝の上に本を広げ、真剣な面持ちでその内容を熟読する。タイトルは、『世界の不思議シリーズ　びっくり！　これが本当のイタリア人！』。

本当は別の本を探しに行ったのだが、偶然通りかかった本棚にこのタイトルを見つけ、衝動的に借りてしまった。この手の本がどこまで真実を語っているのかは知らないが、環は興味深く黄ばんだページの文字を追う。

（イタリア人は身体接触が過剰……男同士で手を繋《つな》ぐことも……。え、ほ、本当に？）

日本ではどれだけ仲がよくても男同士で手など繋がないが、もしあの神父が真実そういうお国柄の人だったら。想像するだけでそわそわと落ち着かない気分になって、うっかりあり得ない妄想まで広げかけた環は慌てて手にしていた本を閉じた。

顔を上げ、境内に参拝客がいないことを確認してから傍らに積んでいた別の本に手を伸ばす。『図解でわかるキリスト教』と『新約聖書』のどちらを選ぶかわずかに迷い、敷居の低そうな『図解でわかるキリスト教』を膝の上に広げてみた。

このご時世、調べ物などインターネットで済ませた方が短時間で多くの情報が得られそうなものだが、環はどうもネットに慣れない。画面上に次々と現れる情報はどこまでが本物かわからず、ついでに画面一杯にみっしり小さな字が並んでいると目で追い切れない。だからどれだけ非効率的でも古臭くても、何か調べるときは真っ先に図書館に向かうのが幼い頃からの習い性だった。

深逢瀬神社で久々の結婚式を挙げてから、すでに一週間近く経つ。傘を返しに行く口実も、お礼に行く機会もすっかり父に奪われてしまった環は、あれ以降まだ一度も神父の顔を目にしていない。

会ったところで何ができるわけでもない。自分は英語はおろかイタリア語もさっぱりわからないし、猛勉強の末にイタリア語を習得したところでまともに会話ができるとも思えなかった。あの存在感に圧倒され、アワアワと俯《うつむ》いて神父の顔も見られないのがオチだろう。

それでも何か少しでも神父と繋がっていたくて、ついこんな本を借りてしまった。

これを取っかかりにして神父と話をしようというわけでもなく、本の内容はただ静かに環の中に蓄積されていく。目に留まった内容といえば、結婚式場で式を挙げる神父はカトリックとプロテスタントで呼び名が違う、ということくらいか。

(カトリックだったら神父様だけど、プロテスタントだと牧師様なのか……。勝手に神父様って呼んでたけど、あの人どっちだろう……)

ぱらぱらとページをめくっているうちに、参道に木の葉が落ち始めた。平日のせいか、それとも今日は一層空気が乾いて冷え込むせいか、参拝客の姿はない。

きりのいいところまで読んだら掃除に行こうと思うのだが、環は性格的に斜め読みができないので、なかなか腰を上げられない。宗旨替えでもしない限りこの先の人生に有用とも思えない内容を一行一行目で追っていると、フッと紙の上に影が落ちた。

雲でも出て日が陰ったのかな、と気にも留めなかった環だが、ページの隅でゆらりと影が揺れ、その不自然な動きに何かおかしいと気づいて顔を上げた。

自分でも、思いがけないほど本に集中していたらしい。いつからそこにいたものか社務所の前には人が立っていて、環が顔を上げるのをじっと待っていた。

相手の顔を見た途端、環は腰かけていた丸椅子から転がり落ちてしまいそうになった。そこにいたのが黒い神父服——たった今本から仕入れた情報によるとキャソックというらしい——を着た例の神父だったからだ。

彫りの深い顔に笑みをたたえ、ヘーゼルの瞳を細めた神父は環の手元をジッと見ている。『図解でわかるキリスト教』を熟読していた上に、机の上には『新約聖書』まで置いている状況に思い至った環は、表紙にキリストの絵が描かれた本を慌てて神父の目の届かない場所に移動させた。

目を上げた神父は、どうして隠すの、とでもいうように不思議そうな顔を環に向ける。こちらを見詰める瞳はどこか甘く、着物の下で一気に体温が上昇した。

妙な勘違いをされては大変と、環は椅子から腰を浮かせて顔の前で大きく手を振った。

「ち、違うんです、これは……改宗とかそういうことを考えていたわけではなく……その、ノーチェンジ！　ノーチェンジで！」

毎度のことながら、神父を前にすると環の口からは滅《め》茶《ちゃ》苦《く》茶《ちゃ》な英語しか出てこない。

学生時代、取り立てて英語が不得意だった記憶はないのだが、いざ本場の人間に声をかけるとなると学校で習った文法などなんの役にも立たない。そうでなくとも学生時代は遠ざかり、日常的な英単語すらとっさには出てこなかった。

言葉の途中ですでに見当違いなことを言っている予感はあったが、正しい方向に軌道修正する術もない。対する神父もどこまでわかっているのだか、にっこり笑うと環の手元を覗き込むようにして屈《かが》めていた体を起こした。

環は椅子に座り直し、ドキドキと落ち着かない心臓を宥《なだ》めてそっと神父の表情を窺う。神父は相変わらず背が高く、彫りの深い顔が精悍《せいかん》だ。茶色い瞳は日の光を受けると、ときどき周囲の木々の緑を吸い込んだかのように緑に光る。唇に浮かんだ笑みは優しく、少し甘い。

長く見詰めていると心臓がパンパンに膨れ上がったようになって息苦しさすら覚えるので、環は目元を擦《こす》る振りで下を向く。そうしながら、やっぱり美形だと、そう思った。

この神父の顔を見たら、きっと十人中十人が同じ感想を抱くだろう。環の父親でさえ、一目見てその場に崩れ落ち「イケメンだ……！」と呻《うめ》いたほどだ。老若男女問わず人好きされる見た目であることは間違いなかった。

（ぼ、僕って結構、面食いだったのかな……そんなつもりなかったんだけど……）

今まで好きになった人はどうだったろうと思い返してみるが、具体的な顔が浮かばない。同じクラスの同級生や、研修先で会った神職の先輩などに対してちょっといいなと思う程度の経験しか環にはなく、こんなふうに一目で恋に落ちて四六時中相手のことばかり考えているような状況は初めてなのだ。

恋というより、突然の事故や病に見舞われた気分だった。自分でも自分の変化に戸惑って、俯いたきりなかなか顔を上げることができない。

環の前髪がさらりと頰に落ち、参道の上でかさかさと落ち葉が鳴る。

早くほうきをかけないと、と敢えて神父とは関係のないことを考え自分を落ち着かせようとしていると、お守りやおみくじの箱が置かれた台の上に、神父がそっと何かを置いた。

節の立った長い指が目に飛び込んできて、あ、と環は小さな声を上げる。真っ先に、夢で見たのと同じ手だ、と思った。神父が差し出したのが見覚えのあるプラスチックの容器だと気づいたのはその後だ。

恐らく父が煮物を届けたときのものだろう。お礼に持っていくのだから新品の器でも使えばよかったものを、差し出されたそれはカレーの色が染みついたようなくたびれたもので、環は猛烈な羞恥《しゅうち》に襲われ椅子から立って神父に頭を下げた。

「わ、わざわざ返しにきていただいて、ありがとうございます」

とっさに日本語で言ってしまい、慌てて「サンキューベリーマッチ」とつけ足すと、神父はゆっくりと首を横に振った。気にするな、ということか。

神父が持ってきた容器を手元に引き寄せ椅子に腰かけようとした環だったが、神父は社務所の前に立ったまま立ち去ろうとしない。

「あ、な……何か……?」

何かご用ですか？　なんて、学校でも一度や二度は習った言い回しのような気もするが、切れ長の神父の目に見詰められると曖昧な過去の記憶などどこかにすっ飛んでしまう。

もう適当な英文を思い出すことは放棄して、ただただ神父の容姿端麗な立ち姿に見惚れてしまおうかと環が思いかけたとき、神父がわずかに口を開いた。

肉感的な厚い唇が動き、初めて耳にする神父の声に息さえ潜《ひそ》めて耳を澄ませた環だったが、直前で神父は口を閉じ、それからスイと視線を横に流しておみくじの箱に指を伸ばした。

六角形の細長い木箱を持った神父が、それを顔の横まで持ち上げて小さく振る。中でみくじ棒がからからと鳴って、環は目を瞬かせた。

「あ、おみくじ……やってみたいんですか……？　一回百円、ですけど……」

英語だとなんと言えば伝わるだろうと悩んだのも束の間、神父はズボンのポケットから百円玉を一枚取り出して環の前に置いた。おみくじの箱の前には古いカレンダーの裏に『一回百円』と大きな文字で書かれているので、なんとなくその内容を察したのかもしれない。

百円を受け取った環が、どうぞ、と戸惑いがちに頷くと、神父は物珍しそうにおみくじの箱を眺めてから手の中のそれをひっくり返した。

箱の上部についた穴から飛び出した棒の先端を、神父が長い指でつまんで引き出す。棒には三十六と書かれていて、環は小さな引き出しがずらりと並んだ整理箱から、同じ番号が書かれた引き出しを引き、小さく折ったおみくじを取り出した。

黙っておみくじを受け取った神父は紙を開き、微かに困ったような顔で笑って再び環に差し出してくる。おみくじの内容はすべて日本語で書かれているので読めなかったのだろう。

(そ、それもそうか……なのにどうしておみくじなんて……。もしかしておみくじがどういうものかよくわかってなかったとか……?)

戸惑いつつも神父からおみくじを受け取って、環は折りたたまれた紙を開く。

おみくじの上三分の一には和歌が書かれ、その下に和歌の解説が書かれている。さらにその下に大きく書かれているのは『大吉』の文字だ。

他人事ながら嬉しくなって口元をほころばせた環は、和歌の解説にも目を通す。

相当にいい御神託らしく「朝日が昇るような大運勢です」で始まる文面は、「高まる胸の想《おも》いを抱いて愛を告白しましょう」「会うたびに恋は深まるはずです」と続き、「情熱の愛は身も心もひとつに燃え上がり、輝かしい未来を約束してくれるでしょう」と締めくくられていた。やたらロマンスを感じるその内容を、うっかり環は二度見してしまう。

(ず、随分情熱的な御神託だけど……こんな内容のおみくじもあったんだ)

さすが、情熱の国イタリア人には神様もそれ相応の御神託を下すということか。

そろりとおみくじから目を上げれば、神父は環の手元を見詰めておとなしく解説を待っている。その真剣な面持ちを盗み見て、環はひっそりとした溜息をついた。

(確かにこんな人だったら、情熱的な恋愛も似合うだろうな)

これだけの美丈夫だ。断る相手がいるとも思えない。これはという相手さえ見つけられれば、その瞬間から朝日が昇るような大運勢で恋が始まるのだろう。

(高まる胸の想いを抱いて愛を告白しましょう、か——……)

環の手の中で、おみくじがカサリと小さな音を立てる。

当然のことながら、その相手が自分でないことは明白だ。男同士なのだから端《はな》から選択の対象にすらなっていない。

同性だという最大の壁を差し引いても、恐ろしく顔立ちの整った神父と、ごくごく平凡な自分がどうにかなるとは思えなかった。そんなことは百も承知していたつもりだが、こうして現実をしみじみと噛み締めると、喉の辺りがギュッと締めつけられたようで苦しくなる。

それでもやっぱり、環には諦めるしか選択肢がない。同性の自分は、勝負の舞台に出ることすら叶《かな》わないのだから。

そんなことを思ってしんみりしていたら、神父が軽く身を屈めて環の顔を覗き込んできた。何かあったのかと心配顔でこちらを見る神父に気づき、環は慌てて落ち込んだ気分を振り払う。下手に黙り込んでよほどおみくじの内容が悪かったのかと不安にさせても申し訳ない。

とはいえ問題は、この内容をどうやって神父に伝えるかだ。

いっそ一度宿題として持ち帰らせてもらい、神父のいないところで辞書でも引きながら訳を作りたいところだがそうもいかず、環は眉間《みけん》に深い皺《しわ》を寄せる。

(つまり、要約すると大吉で……恋実る、とそういうことだから……)

真摯《しんし》に環の言葉を待つ神父に向かって、環は散々悩んだ末にこう言った。

「ユーアー、ベリーハッピー。ソー……ユーキャン、フォーリンラブ」

我ながら酷《ひど》い訳だとは思ったが、事細かに和歌の内容を伝えるだけの英語力など自分にはない。恥を忍んで言い切ると、おみくじの文字数に対して簡潔すぎる環の言葉を不思議に思った様子もなく、神父は微笑んで環の手からおみくじを受け取った。

ようやく気が済んだのか神父は環に向かって一礼すると、参道に戻って拝殿へ歩き始めた。いつかのように背筋を伸ばして賽銭箱の前に立った神父は、相変わらず鈴を鳴らすでもなければ手を合わせるでもなく、じっと拝殿を眺めているようだ。

やはり異国の神様に手を合わせることはしないのだろうか。それとも。

(……ここが宗教関係の施設だってわかってなくて、単なる歴史的建造物ぐらいにしか思ってなかったらどうしよう……)

後で真実に気づき、己の信じる神を裏切った、なんて神父が落ち込んでしまったら大ごとだ。環はそわそわと神父の後ろ姿を盗み見る。

(でも、本当のことがわかってここに来てくれなくなるのも嫌だしな……そもそも神社って英語でなんて言うんだっけ？　テン、テン……テンプル……？)

環がひとり悶々《もんもん》と悩んでいるうちに神父が参道を歩いて戻ってきた。社務所の前を通り過ぎざま、軽く環に会釈をして階段の方へ去っていく。

そういえば、先日借りた傘のお礼を自分はまだきちんとしていないと環が気づいたのは、神父の長身が階段の向こうに消えてからのことだ。

誰もいなくなった参道に視線を戻し、環は長い溜息をつく。ひとりになるとドッと体の力が抜けた。湯あたりしたときのように頭がボーっとする。

もう少し神父の姿を見ていたかったような、これ以上見ていたら心臓に過負荷がかかって体に悪いような。自分でも判断がつかず、熱っぽい額を押さえて環は椅子から立ち上がる。いい加減、参道にほうきをかけなければいけない。

社務所に置かれた掃除用具入れから竹ぼうきを取り出し参道に出ると、目の端で何かがきらりと反射した。なんだろう、と目を向けると、拝殿の前の石畳に銀色のペンダントが落ちている。十字架を象《かたど》ったそれは神父がいつもつけているロザリオのようだ。わかった途端、環は慌ててそちらに駆け寄った。

ロザリオはチェーンの部分が切れている。車道に下りる階段を振り返ってみるが、当然神父の姿はもう見えない。けれど走れば、式場に入る前に神父に追いつけるかもしれない。

ロザリオを拾い上げようと屈み込み、直前で環は手を止めた。思い直して着物の懐から懐紙を取り出すと、それにロザリオを包み、両手で持って参道を走る。

階段に駆け寄って道路を見下ろすと、ちょうど神父が車道に下りたところだ。

「神父様！　あの、忘れ物です！」

このときばかりは英語を思い出す余裕もなく声を張り上げると、神父がこちらを振り仰いだ。数メートル離れていても目鼻立ちの整った顔は端整で、環は心臓と同じように足音もバタバタさせて階段を駆け下りる。

子供の頃からもう何百回、何千回と上り下りを繰り返してきた階段だ。多少石が苔《こけ》むしていようと草履を履いていようと、問題なく一息で下りられると思っていた。

それなのに、こんなときに限って丸みを帯びた階段の縁が、草履の下でずるりと滑った。体が後ろに傾いて、あっと思ったときにはもう階段を踏み外していた。

ぐるりと視界が回って、階段の両脇に自生した木々の葉と、薄青い空が目に飛び込んでくる。とっさに体をひねったが、両手でロザリオを持っていたため手がつけない。

階段の中ほどで完全に体が宙に浮いた。と思ったら背面に強い衝撃が走り、仰向《あおむ》いた体勢で肘《ひじ》や腰をしたたか石の階段に打ちつけながら数段を滑り落ちる。

幸いなことに車道まで落ちることはなかったが、腰を中心に骨に響くような鈍い痛みに見舞われて、環はその場に座り込んで小さく呻く。

それでも立ち上がれないほどの痛みではないとホッとした環だったが、痛みが和らぐと今度は羞恥心が湧き上がってきた。いい大人が階段から転がり落ちるなんてみっともない。恐る恐る車道に視線を落とすと、案の定青い顔をした神父が一気に階段を駆け上がってくる。

情けないところを見られてしまった、と目を伏せた環は、けれど次の瞬間顎先を跳ね上げることになった。

「大丈夫ですか！」

階下から切迫した、でも流暢《りゅうちょう》な日本語が響いてくる。一瞬、神父以外にも誰かいたのかと思ったが、視線の先には神父しかいない。痛みで鈍る思考を必死で動かしているうちに神父が環の元へやってきて、深刻な表情でその場にしゃがみ込んだ。

「大丈夫ですか、どこか怪我《けが》は！」

目の前に神父の顔が迫り、その口から低く滑らかな日本語が流れ出る。

少しのたどたどしさも感じさせない美しい発音に目を瞬かせ、環はまだ状況もよく摑めないまま、懐紙の間に挟んだロザリオを神父の前に差し出した。

「あの……ロザリオを、落とされたので……」

神父の目が一瞬ロザリオを捉《とら》える。だが視線はすぐに環に戻り、気遣わしげな表情で環の怪我の程度を推し量っているようだ。

伝わっているのかな、と頭の片隅で考えながら、環は掠れがちな声を上げた。

「すみません、神具なので……直接触れていいかわからなくて……」

ごめんなさい、と環が呟くと、それまで忙《せわ》しなく動いていた神父の目の動きが止まった。

怖いくらい真剣な眼差《まなざ》しで、神父が真正面から環の顔を覗き込む。息すら止めているのではないかと思うくらい思い詰めた顔をした神父は、環の頬が赤くなるより先に腕を伸ばし、その場で環を横抱きに抱え上げてしまった。

ひぇっ、と環の口から間の抜けた声が漏れる。ただでさえ神父の顔が間近に迫って思考力が低下していたのに、さらに体が密着して頭が完全にフリーズした。

目を見開いたまま指先一本動かすことのできない環を抱え、神父は二段抜かしで階段を駆け上がると参道を走り、拝殿の前の五段ほどある石の昇段にそっと環を下ろした。

昇段に腰を下ろした環と視線を合わせてその場に屈み込んだ神父は、ズボンの膝が汚れるのも厭《いと》わず跪《ひざまず》いて、心配顔で環の顔を覗き込んだ。

「どこかひどく痛むところはありませんか？　出血は？」

「あ、い、いえ、あの――……」

どう見ても異国の人にしか見えない神父の口から、まったく訛りを感じさせない日本語が飛び出して、その違和感に環はしどろもどろになる。そうでなくても頭の中は、たった今神父に抱き上げられた感覚を再現しようと忙しいのに。

身を寄せた胸が広くて固かった、体を支える腕が逞《たくま》しかった、目前に迫った喉元がなんだかやけに色っぽかった、と止めどなく直前の心境が溢《あふ》れてきて、環はせめて少しでも神父と距離を置こうと、両手で持っていたロザリオを神父の前に突き出した。

「あああの、これ……っ」

懐紙に包んだロザリオを見て、ようやく神父もそれに手を伸ばした。ありがとうございます、と柔らかい声が耳を打ち、でも、と前より近くで声がする。

「今は、貴方のことが心配です」

目を上げたら、鼻先数センチの距離から一直線に神父がこちらを見ていて、環はヒッと喉を鳴らした。まるで幽霊にでも遭遇したような反応になってしまい、それをごまかそうと大きく首を横に振る。

「ぼ、僕は大丈夫です！　特にどこも痛みませんし……！」

「……本当ですか？」

「本当です、ほら！」

問題ないと示すつもりで昇段に腰かけたまま両手足をぶらぶらと振ったら、右足にずきりと痛みが走り環は顔をしかめた。とっさに足首を見下ろすが、別段出血しているわけでもなく、腫《は》れてもいないようだ。きっと階段から落ちた拍子にひねってしまったのだろう。大したことはない、と笑って済まそうとしたが、神父は環の目顔を見逃さなかった。昇段の前に跪いた格好で、環の右足首に手を伸ばす。

足袋は履いているものの、袴の下で外気に晒《さら》され、冷たくなった足に触れる神父の指は熱い。その熱さに息を呑んだ環に気づき、神父が慌てて手を引いた。

「すみません、痛みましたか」

「い、いえ……」

「ひねったのかもしれません、すぐに冷やしておいた方がいいですね」

立ち上がりながら辺りを見回した神父は、社務所の隣にある手水舎に目を留めると胸ポケットからハンカチを取り出した。何をするのか見ていると、手水舎に向かった神父は水盤に溜まった水にハンカチを浸し、再びこちらへ戻ってきた。

ものも言わず環の足元に座り込んだ神父が、足袋をずらして足首に冷えたハンカチを押し当てる。まだ春も浅く、水盤に溜まった水は凍えるほど冷たい。先程脹脛《ふくらはぎ》に触れたときは熱く感じた神父の指先も、今は冷たさで真っ赤に染まっていた。

甲斐甲斐《かいがい》しく神父に手当てをされ、申し訳なさと嬉しさがない交ぜになってすぐには言葉が出てこない。そんな環を見上げ、神父は困ったような顔で眉尻を下げた。

「すみません、もしかするとあの水には、無闇に触れてはいけなかったでしょうか……?」

「……え……はっ！　い、いえ、そんなことはまったく！」

環の返答に神父はホッとした様子で笑う。微かな笑みにも目を奪われてまたぼんやりしかけた環は、慌てて適当な話題を探した。

「あ、あの……日本語、お上手なんですね」

母国語でもないだろう日本語に堪能《たんのう》な神父に、環は尊敬の入り混じった目を向ける。それなのに神父はその視線から逃れるように、居心地悪そうに顔を伏せてしまった。

「……実は、そうなんです」

「ですよね。凄《すご》く流暢ですよ、たくさんお勉強されたんですか？」

「いえ、そうではなく――……」

神父は怯《ひる》んだように口ごもり、上目遣いで環の表情を窺ってくる。どことなく後ろめたい顔つきに環が首を傾げると、神父は実に言いにくそうに口を開いた。

「その、自分は……母親が日本人なんです」

あぁ、と環は軽く目を見開く。

神父の顔は彫りが深い。一見して外国の人間だろうと思わせる反面、どこか日本人に親しみのある雰囲気も漂っている。日本人の血も混じっているというなら納得だ。

神父に関する新しい情報を得て小躍りしたい気分の環だったが、その前に跪く神父はやはり表情を曇らせたままだ。

さすがに様子がおかしいと環が首をひねると、神父は観念した様子で目を伏せた。

「私の名前は、真壁《まかべ》エリオと言います。真壁は母の旧姓です。父がイタリア人で、生まれはイタリアなのですが、両親が離婚して母と一緒に日本に戻ってきました」

へぇ、と環は目を輝かせる。いつも遠目に見ていた神父の個人情報が一気に手に入ってしまった。エリオさんか、と口の中でこっそりその名を転がす環が相手の言葉に引っかかりを覚える様子はなく、エリオと名乗った神父はさすがに苦笑めいたものをこぼした。

「両親が離婚したのは、私が五歳のときです」

「じゃあ、随分小さい頃に日本に戻ってきたんです、ね……?」

言っている途中で環もようやく違和感を覚え、あれ、と斜め上に視線を向ける。

エリオは眉尻を下げ、小さく笑いながら頷いた。

「そうなんです。イタリアにいた頃のことはほとんど記憶になくて……だから私の母国語は、もともと日本語なんです」

突然の告白に、さすがの環も目を丸くした。

これまでエリオは、環の前で一切口を開かなかった。身振り手振りと表情だけで何か伝えようとするその姿は、言葉の通じない異国人そのものだったというのに。

どうして敢えて日本語がわからない振りをしたのか。環がぐるぐる考えていると、それを察したのかエリオが申し訳なさそうな顔で肩を縮めた。

「すみません、あまり熱心に英語で話しかけてきてくれるものですから、なんだか本当のことを言い出しにくくて……」

その言葉にぽかんと口を開けた環は、これまでエリオに向けて発してきた珍妙な英語の数々を思い出し、羞恥に全身を燃え上がらせた。

構文も慣用句もどこかに置き忘れてきたような頭の悪い言い回ししかできなかった自分を、エリオは一体どんな目で見ていたのだろう。気恥ずかしさに駆られ赤くなった顔を隠そうと体を前のめりにすると、エリオが下から慌てて環の顔を覗き込んできた。

「本当にすみません、騙《だま》すような真似《まね》をして……！　でも、嬉しかったんです！」

目の端に映ったエリオの表情は真剣そのもので、環はおずおずと下げかけた視線を上げる。

「私はイタリアにいた頃よりも日本で暮らしている時間の方が長いですし、とっくに帰化もしたので自分では日本人のつもりでいるのですが、この形《なり》ですから……普段から道を尋ねようと人に話しかけても逃げられてしまうことの方が多くて……」

確かにエリオは一見日本人に見えないし、日本人は外国人に弱いから、道端で突然エリオに声をかけられたら逃げ出したくなる気持ちもわかる。

エリオは環がしっかりと自分の言葉に耳を傾けてくれているのを確認して、ヘーゼル色の瞳をとろりと笑みで細めた。

「だから、初めてこの神社に来たとき貴方が声をかけてきてくれて、とても嬉しかったんです。私だって英語なんてほとんど喋れませんから、海外の方に声をかけるのは勇気がいります。でも貴方は、自分から困っていないか尋ねてきてくれた」

だから嬉しかったんです、と、エリオは深みのある低い声で言う。

顔に見合った美声に耳朶《みみたぶ》を震わされ、その響きが心臓まで伝わったかのように胸を震わせて環も小さく頷いた。相手を外国人だと思い込み、支離滅裂な英語でずっと話しかけていたのは赤っ恥以外の何物でもないが、エリオが真摯な様子で謝ってくれるものだから怒る気にもなれない。

エリオは環の表情に不快な影が潜んでいないことを確かめるとホッとしたように肩を上下させ、環の右足首に置かれていたハンカチをそっと取って立ち上がった。

再び手水舎でハンカチを冷やして戻ってきたエリオが、またしても環の前に屈み込もうとしたので、さすがに慌てて「自分でやります」と環は手を差し出した。

エリオは環にハンカチを手渡すと、昇段に腰かける環の隣にごく自然な仕草で腰を下ろす。いきなりエリオの体が近づいて全身を硬直させた環だったが、あまり意識するとこちらの恋心がエリオに伝わってしまいそうで努めて平静を装おった。だが偽りの平常心は、エリオの一言でもろくも崩れ去ってしまう。

「環さん、でしたよね」

まだ自己紹介もしていないのにエリオに名前を言い当てられ、しかもそれが下の名前だったものだから、身を屈めていた環はばね仕掛けの人形のようにガバリと体を起こした。

驚いて目を丸くする環を見てエリオは悪戯《いたずら》っぽく笑うと、手品の種明かしをするように両手を開いてみせた。

「お父様から伺いました。煮物を持ってきていただいたときに」

「あ、ああ……そ、その節は、つまらないものを……」

くたびれたプラスチックの器に入った煮物を思い出し、環は気恥ずかしさに顔を伏せる。

とはいえエリオの生い立ちを知った今となっては、下手に気張ってパスタや手焼きのピザを持っていった方がよっぽど恥ずかしい思いをした気もするが。そんなことを思いつつ環がハンカチを足首に押し当てていると、隣でエリオが少し声の調子を高くした。

「つまらないなんてとんでもない。とても美味《おい》しかったです。またご馳走《ちそう》になりたいくらいに」

体を前に倒したまま首をねじり、えぇっと環は踏み潰《つぶ》されたカエルのような声を上げる。父が持っていったのは、根菜と鶏を甘辛く煮ただけのなんの変哲もない煮物だ。お世辞かな、とも思ったが、エリオは真面目《まじめ》な顔を崩さない。

「そう言っていただけると、ありがたいのですが……」

「本当に美味しかったです。お母様が作ってくれたんですか？」

「いえ、あれは僕が……」

手放しで褒められた後だけに言い出しにくく、環が口の中でもごもごと呟くと、その声が終わらぬうちに感嘆の溜息が降ってきた。

「凄いですね。私は料理なんて一切できないので、尊敬します」

「いえそんな、決して大したことでは……」

「いいえ、しっかりと味が染みた美味しい煮物でした。ああいう基本の料理が上手に作れる人は、本当に料理が上手だと思います」

どちらかというと鈍臭《どんくさ》く、努力は惜しまないが空回りしがちな環はあまり人から褒められた経験がない。しかもそんなことを言ってくれるのが想いを寄せる相手ともなれば、ますます上手い切り返しがわからない。

お世辞かな、お世辞だろうな、と思いながらぎこちない笑みを浮かべて体を起こすと、エリオがにっこりと笑った。

「本当に、環さんが女性だったらお嫁さんにしたいくらいです」

残念、と溜息混じりに添えられた言葉はやけに甘く、全身を慄《おのの》かせた環はうっかり後ろに反り返りそうになった。

(す、凄い……! やっぱり情熱の国イタリアの血を引く人は違う……!)

こんなセリフ、下町界隈に住む男たちは前後不明になるほど酒を飲んだって口にすることなどできない。ぐらりと体が後ろに倒れそうになったが、環はぐっと腹に力を込めて踏みとどまる。

冗談を真に受けてどうすると己を叱責《しっせき》し、環は口を大きく開くと、エリオに顔を向け無理やり「ははは っ」と乾いた笑い声を立てた。エリオも目を細めて「ふふ」と笑ったから、やっぱりお世辞か冗談だったのだろう。当然だ、考えるまでもないとは思いつつ、この手の冗談は心臓に悪い。

環はまだ顔に不自然な笑みを貼《は》りつけたまま前を向く。笑顔の下に、少しだけ淋《さび》しい気持ちを隠して。

(でもこんな冗談が気楽に言えるのは、僕が百パーセントそういう対象じゃないからなんだろうな)

一パーセントでも可能性のある相手なら、嘘でもこんなことは言えないだろう。特にエリオのような男前なら、相手の方がうっかり本気になってしまいかねない。

男同士だからこんな軽口も叩いてもらえる。それはきっと喜ぶべきことなのに、少しだけ心臓の端がちりちりと焦げる。

いつの間にか横顔から笑顔が滑り落ちていることも気づかず密やかな溜息をつくと、横からそっとエリオに声をかけられた。

「環さん……実は、ひとつ貴方にお願いがあるのですが」

少しだけ深刻になったエリオの声で我に返り、環は慌ててそちらに視線を戻す。

膝の上に置いた両手を軽く組んだエリオは、実は、と重たい口調で切り出した。

「……私が日本語を喋れることは、誰にも言わないでおいていただけませんか?」

「え……それは——……」

構いませんが、という言葉と、どうして、という言葉が同時に口から飛び出しそうになり、環は半端に口を閉ざす。エリオは別段事情を隠すつもりもないらしく、ぽつりぽつりと喋り出した。

「向かいの結婚式場は、私の叔父が建てたものです。私があの式場に招かれたのもそのつてでして」

エリオが目を伏せると、長い睫毛《まつげ》が頬に淡い影を作った。高い鼻は固い白木を真っ直ぐ削ったかのように歪《ゆが》みがなく、彫刻みたいだ、としばし環はその横顔に見惚れる。

「オープンも近いので、式場の準備のために私も通っているのですが……どうもこの周辺の人たちは、私のことを本物のイタリア人と思っているようで」

実際イタリアの血も混じっているんですが、とエリオは弱り顔で鼻を掻《か》く。かくいう環もすっかりエリオを本場のイタリア人と思い込んでいたので、そうでしょうとも、と深く頷いた。そんな環の反応を見て、エリオはますます困ったような顔になった。

「私としては周りの人を騙しているようで気が引けるのですが……叔父に、せっかく本場の人間と思われているのなら、日本語が喋れることは黙っているようにと言われてしまって。その方が教会に箔《はく》もつくだろうし、積極的に騙しているわけではないから、と」

「ああ……それは確かに」

環の父も、エリオがイタリア人と知った途端「本場の人間だ」と対抗意識を剝《む》き出しにした。式を挙げる側も、せっかく教会で結婚式を挙げるなら、日本人の神父よりも海外の神父の方が雰囲気があっていい、と思うものなのかもしれない。

そういうことなら、と環は頷く。エリオはホッとした様子で肩の強張りを解くと、ありがとうございます、と深く環に頭を下げた。大きな体が若干こちらに傾き、互いの距離が数センチ縮まる。たかがそんなことにもドキリとして、環はうろうろと視線を彷徨《さまよ》わせた。

男同士なのに、もっと近づきたいと思ってしまった自分に戸惑った。しかも相手は神父だ。不埒《ふらち》なことを考えては罰が当たる気がして、慌てて頭から雑念を追い払う。

「隠したところで、いつかばれてしまうことだとも思うのですが……。でも、最初にばれた相手が環さんで、よかったです」

邪念を退けようとするあまりほとんど頭をからっぽにしていた環は一瞬反応が遅れ、間の抜けた顔でエリオを振り仰ぐ。

「ぼ、僕ですか？　よほど口が堅そうに見えました？」

「それだけではなくて、早く煮物のお礼が言いたかったので」

ゆったりと目を細めたエリオが煮物の話を蒸し返してきて、環は視線を泳がせる。喜んでもらえたのは嬉しいが、やはり所帯じみた煮物をお礼に持っていった父が恨めしい。

「さっきも器を返しがてらお礼を言いたかったのですが、日本語は喋れないことになっているので何も言えなくて……でも黙って帰るのも気が引けて、お礼の代わりにおみくじを引いてみたのですが、よく考えたらそれも読めないはずだな、なんて」

「あ、それで……」

となると、おみくじの内容を環が盛大に端折《はしょ》ったこともその場でばれていたのだろう。そう思うと恥ずかしいやらいたたまれないやらでそわそわと指先が落ち着かない。そんな環の手元を見詰めてくすりと笑うと、エリオは心のこもった声で言った。

「本当に、あの煮物は美味しかったです。作った本人にお礼が言えてよかった」

お世辞とは思えない声音に、環の胸がじんわりと温かくなる。他人に何かを褒められて、こんなにも浮き立った気分になるのは初めてだ。

嬉しくて環がすぐには何も言い返せずにいると、エリオは目を細め、静かに昇段から立ち上がる。環もそれに続こうとすると、そっと肩を摑まれ押し止められた。

「急に立ち上がらない方がいいですよ。立つなら手をお貸しします」

「あ……ありがとう、ございます……」

差し伸べられた大きな手におずおずと指先を預けると、優しい力で握り込まれてゆっくりと引き起こされた。先程水盤に指を浸して赤く凍えていたエリオの指先はもう熱を取り戻し、水に触れていない環の手の方がずっと冷え切っている。

ほとんど力の入っていない環の手を、エリオはそっと離して環の顔を覗き込んだ。

「どうですか、歩けそうですか？」

「だ、大丈夫です」

「もしもどこかに出かけるときは、いつでも声をかけてください。その足で階段を上り下りするのは大変でしょう？　手をお貸ししますから」

「いえ……っ、そこまでしていただくわけには……！」

とんでもないとばかり環が首を横に振ると、エリオはそっと胸元に手を当てた。

「私にロザリオを届けようとして足を滑らせたのですから、環さんが怪我をしたのは半分私の責任です。だから絶対に呼んでくださいね？」

真剣な面持ちでエリオが言い募るので、環も断りきれずに頷いてしまった。

（まあこれも、冗談というか……社交辞令みたいなものだろうから……）

そもそも階段から転げ落ちたのは自分の鈍臭さがすべての原因のような気もするが、その心遣いに感謝して、環はエリオに向かって丁寧に頭を下げる。

再び顔を上げたら、目線の先にはエリオの胸元があるはずだった。互いの身長差を考えると当然そうなる。それなのに、しっかりと背筋を伸ばして見た先にあったのは、小首を傾げてこちらを見るエリオの顔だ。

環の目線の位置を計算したエリオが、身を屈めて環が顔を上げるのを待っていたらしい。環は表情を作る余裕もなく、息を止めて相手の顔を見返す。

エリオは環の顔を覗き込んだまま悪戯っぽく笑うと、潜めた声で囁《ささや》いた。

「さっきの約束、くれぐれも忘れないでくださいね。こうして日本語が喋れることは、二人だけの秘密にしてください」

神父のくせにやたら艶《つや》めいた表情と、二人だけ、という言葉に環の胸がざわつく。大したことではないけれど、エリオと秘密を共有していると思うと嬉しくて、足元がふわふわと波打つようだ。

言葉もなくこくこくと首を縦に振った環を見て、エリオは猫のように目を細めると屈めていた腰を伸ばした。

「それじゃあ、もうひとつの約束も忘れないでくださいね」

浮かれた気分のままよく考えることもせず「はい」と返事をした環だったが、肝心のもうひとつの約束が思い当たらない。そんな環の胸の内などお見通しだったのか、去り際にエリオは言い添えた。

「下に行くときは私を呼んでください。絶対に」

環は大きく目を見開く。約束ってそれか、と思ったときにはもうエリオは半分体を階段に向け、朗らかな笑顔で手を振っていた。

その後ろ姿を呼び止めることもできず、環はおろおろと腕を伸ばしたり引いたりしたが、エリオはもう振り返ることなく階段を下りていってしまった。その姿が完全に見えなくなってから、環は宙に伸ばしていた手をぱたりと体の脇に垂らした。

（し……社交辞令、だよね……？）

誰にともなくすがる気持ちで呟いてみるが、それにしては「絶対に」と言い添えたエリオの口調は断固としていて、環は弱々しく肩を落とす。

今になってようやく、冷えたハンカチを当てた右足がじわじわと痛みを訴え始めていた。

境内に、ザッ、ザッ、と竹ぼうきを掃く音が響く。

三月も終わりが近いとはいえ、まだまだ落ち葉は多い。拝殿の左手脇に植えられた、環の身長ほどしかない小さな桜の木はまだ蕾《つぼみ》すらつけておらず、春の気配は遠いようだ。

この時期の神主の仕事は大半が境内の掃除と言って過言でない。特に今日は土曜日なので、平日よりは参拝客も多い。手が空いたときに掃除を済ませておかないと、あっという間に落ち葉が溜まってしまう。

環は石階段から拝殿までの長い参道を掃き終え一息つく。昨日、階段から落ちた直後は驚きが勝って痛みにまで気が回らなかったが、一晩経ってようやく全身がぎくしゃくと痛み出していた。階段の縁に打ちつけた腰には青痣《あおあざ》ができていたし、ひねったのだろう右足も、強く地面に足をついたり片足で体重を支えたりすると鈍く痛む。

（今日はここをあと何往復することになるだろう……）

そんなことを思って参道を眺める間も、境内を囲む木々は絶えず風に揺られている。掃き清めたばかりの石畳にもはらはらと葉が落ちて、環はがっくりと肩を落とした。

もう一回りしてこようかな、と思ったところで、石階段の向こうから微かな話し声が聞こえてきた。参拝客が来たようだ。環は竹ぼうきを手に、痛む足を引きずって社務所に戻る。ほうきを置いて社務所に入ると、階段を上ってきた男女のカップルが手水舎で手を清めているところだった。手と口を清めたカップルは参道を通って拝殿へ向かう。

二人が社務所の前を通り過ぎたとき、男性が持っている大きな紙袋に目がいった。袋には青い文字で、向かいの式場の名前が印刷されている。

式場のオープンは来月だが、見学は今月から始まっていると母が言っていた。今のカップルも見学帰りなのかもしれない。

拝殿からガランガランと鈴を鳴らす音と、柏手を打つ音が聞こえてくる。しばらくすると、カップルがまた参道を戻ってきた。

そのまま通り過ぎるかと思いきや、女性が社務所の前に並んだお守りに目を留めた。二人が社務所に近づいてきて、環も椅子から立ち上がる。二人に向かって環が一礼すると、同じタイミングで携帯の着信音が辺りに鳴り渡った。

「あ、ヤベ、会社の人から電話だ」

ジーンズのポケットから携帯を取り出した男性がその場で電話を取ろうとして、女性に軽い肘鉄を食らわされた。

「ちょっと！　こんなところで電話なんてしないでよ、神様の前なんだから！」

「えっ、でも……」

「するなら下！」

女性が石階段を指さして、男性も慌てて階段を下りていく。

深逢瀬神社では境内での携帯電話の使用を厳格に禁止しているわけではない。それでもちょっとした気遣いは嬉しいもので、環は残った女性に丁寧に頭を下げた。

「向かいの教会にご見学に行かれたんですか？」

気さくに笑い返してくれた女性に尋ねてみると、女性は首を横に振った。

「見学っていうか……今度あちらで結婚式を挙げるんです。その打ち合わせに」

「そうなんですか。それはおめでとうございます」

環が弾んだ声で祝辞を述べると、浅黒い肌をした女性は照れ臭そうに肩を竦めた。くっきりとした二重が華やかな、なかなかの美人だ。

「お式はいつ頃ですか？」

「来週の土曜日です。だから今日は最後の打ち合わせなんですよ。私たち、あの式場の挙式第一号らしくって」

そうなんですか、と環が明るい相槌を打つと、女性は男性が戻ってくるまでの間、他にも自分たちの式についていろいろと話して聞かせてくれた。

女性は沖縄出身で、挙式には地元から親族たちが訪ねてきてくれるという。皆東京見物も兼ね、挙式の三日前には上京するらしい。中でも今年百歳を迎える祖母が来てくれるのが何より楽しみだと女性は言っていた。

「実はあの旦那《だんな》と会う前、この神社にお参りに来たんです」

男性が戻ってこないことを確認して、女性は声を潜めて環に言う。そうなんですか？　と環が目を丸くすれば、気恥ずかしそうな笑みが返ってきた。

「だから今日は御礼参りのつもりでこちらに来たんです。結婚式もこの神社に近いところで挙げたくて……。こちらの神社で式を挙げさせてもらおうかとも思ったんですけど、昔から教会でウェディングドレスを着るのが夢で……」

すみません、とどこか申し訳なさそうな表情を浮かべる女性に、環は笑顔で首を振る。

「女性は皆さんドレスに憧《あこが》れますよね。一生に一度のことですから、気兼ねなく理想の結婚式を挙げてください」

ドレスにもいろいろと種類があるんでしょう？　と軽い気持ちで尋ねると、女性は目を輝かせて身を乗り出してきた。

「そうなんです！　なかなか思い通りのドレスが見つからなくて、だから結局、自分で作ることにしたんです！」

「えっ！　ご自身で、ウェディングドレスを？」

「これでも私、服飾学校卒業してるんですよ」

芝居がかった仕草で女性は腰に手を当てて胸を張る。環が素直に感心していると、ようやく男性が神社に戻ってきた。

結局お揃いのお守りを二つ買った二人に、環は「よいお式を」と声をかける。二人は面映ゆそうな顔で環に会釈をして階段を下りていった。

環は笑顔で二人を見送る。なんだか温かなココアでも飲んだ後のようで、腹部がほっこりと温かい。名前も知らない二人だが、幸せそうな様子を見ているとこちらまで頬が緩んでしまう。

ひとり社務所に残った環は幸せの余韻に浸り、笑顔でお守りの在庫を出す。鼻歌でも歌い出したい気分を満喫していると、部屋の隅に置かれた携帯電話が音を立てた。

未だガラケーの環が携帯を開くと、メールが一件着信していた。図書館から、予約資料到着の連絡が入っている。

あまりインターネットは使わない環だが、図書館のホームページから本の予約をするこのシステムだけは重宝している。子供の頃は本が到着した連絡は電話で来て、しかも電話を受ける母親と司書が顔見知りだったりして、何を借りたか親にも筒抜けだったものだ。懐かしい記憶に苦笑が漏れる。

ちょうど昼食の時間も近かったので、環は母屋に戻ると、母親と社務所の当番を交代して自室に向かった。机には、図書館で借りた本が積まれている。先に借りた本を返さぬうちに次の本を借りることも間々あるため返却日はバラバラだが、何冊かは今日が返却の日だ。

予約していた本も早く読んでみたかったのでこのまま図書館に向かうことにして、環は手早く神主装束を脱ぐと蓬色《よもぎいろ》の着物に藍《あい》の帯を締め、母親に声をかけてから境内を出た。

麻の手提げ袋に本を入れ、車道に続く階段に足を踏み出す。最初の一歩、右足をつくとずきりと足首に痛みが走り、環はわずかに顔をしかめた。

その痛みに連動したかのように、昨日のエリオの言葉が脳内でこだまする。

下に行くときは声をかけてくださいと念を押したエリオを思い出すと一瞬足が止まったが、本当にエリオを呼び出すわけにもいかない。そもそも他人の手を借りなければ階段を下りられないほどの痛みでもなかった。

一歩一歩、えっちらおっちら環が階段を下りていると、中ほどまで来たところで斜向《はすむ》かいに建つ式場の駐車場から足早に誰かが出てくるのが目の端に映った。

全体的に黒っぽい服を着たその人影を見て、警備員さんかな、と環は思う。痛む足で幅の狭い階段を下るのに集中していた環は、だからそちらに視線も向けなかったのだが、車道を斜めに横切った人影は迷わず大股で階段を上がってくる。

異変に気づいて足元に向けていた視線を上げた環は、驚いてその場でたたらを踏んだ。階段を上ってきたのが、キャソックを着たエリオだったからだ。

一直線に環の元へやってきたエリオは、環の体がわずかにぐらついたのを見ると一息で互いの距離を詰め、環に向かって両腕を伸ばした。

「大丈夫ですか」

環の立つ場所から二段下で足を止めたエリオが環の腕を掴む。段差のおかげで視線が真っ直ぐ交わって、環の喉の奥から、ひぅ、と妙な声が漏れた。たかが腕を取られただけなのに心臓が跳び上がり、喉に引っかかってしまった気分だ。

ごく小さな声はエリオの耳まで届かなかったのか、エリオは環の体がぐらついていないことを確かめてホッと息をつく。そしてゆっくり環から手を離すと、呆然《ぼうぜん》とした顔の環に向かって、片方の眉だけ吊《つ》り上げてみせた。

「約束、守ってもらえませんでしたね」

環はびくりと肩を跳ね上がらせる。階段を下りる瞬間、エリオとの約束が頭をちらついていただけに後ろめたさは倍増だ。その上これまで温厚な顔しか見せてこなかったエリオが咎《とが》めるような視線を送ってくるものだから、一瞬で背中に嫌な汗が浮いた。

子供が叱《しか》られている最中にじりじりと後ろに下がっていくように、幅の狭い階段で後ずさりをする環はまたバランスを崩して倒れてしまいそうだ。大人のくせに必死で言い訳を探すその姿を見かねたのか、エリオは仕方がないとでもいうように表情を緩めた。

「せめて痛みが引くまでは遠慮せずに呼んでください。罪滅ぼしのつもりなんですから」

小首を傾げるエリオの顔はもう普段通りの穏やかさで、環も身を引くのをやめ、すみません、と蚊の鳴くような声で頭を下げた。

「あの、でも、よく僕が下りてくるのに気がつきましたね……？」

教会は駐車場に隣接された披露宴会場の裏手にあり、そこからこの階段は見えないはずだ。それなのに随分タイミングがいいと思ったら、エリオは振り返って駐車場の入口を目顔で示した。

「駐車場の係の人に話をしておいたんです。この階段から誰かが下りてきたら、内線ですぐ私に連絡をくれるようにと」

「えっ……じゃあ、参拝の方が下りてきたときもいちいちここまで来られたんですか？」

ゆっくりと環を振り返ったエリオは、言葉もなくただにっこりと笑う。肯定に等しいその反応に、環は大いにうろたえた。

「そこまでしていただかなくても、本当に、そんなに痛まないので――」

「そのわりにはここまで来るのに随分難儀していたようですが？」

いつからこちらの様子を見ていたのだろう。言葉を詰まらせた環に微苦笑を漏らし、エリオは環が手にしていた麻の袋をごく自然に取り上げた。

「肩をお貸ししますよ。手を取るよりもこちらの方が安定するでしょう」

環の立つ位置から二段下りたところでエリオが背中を向ける。どうぞ、と促され、環は戸惑いながらもエリオの肩に手をかけた。

おっかなびっくり摑んだ肩は思いがけずがっしりとして、環が体重を預けてもびくともしない。エリオはときどき環の方を振り返り、歩調を合わせてゆっくりと階段を下りていく。

振り返ったエリオと目が合うと、ヘーゼルの瞳が甘く細められた。そのたびに目が泳いで足元が覚束なくなる環は、極力エリオの顔を見ないよう、肩に置いた自分の指先ばかりを見て歩く。その手も階段を下りるうちにどんどん熱を持ち始め、尋常でない熱さが布越しにエリオに伝わってしまうのではないかと気が気でない。

ようやく車道に下りたときは、全身に薄く汗をかいていた。

「どうも、わざわざ、ありがとうございました」

激しい運動をしたわけでもないのに、緊張で呼吸すら潜めていた環は軽く息を乱してエリオに頭を下げる。エリオに預けた手提げも受け取ろうと手を伸ばしたが、エリオは口元に笑みを浮かべ一向に袋を渡してくれる気配がない。

不思議に思い目を瞬かせる環の前で、エリオは布袋を持ち上げ、眉を上げる。

「随分重いですね。中身は本ですか?」

「はい、図書館に返しにいくものですが……」

「図書館まではどのくらいです?」

「え……と、歩いて十五分ほどです」

問われるままに答え、もう気が済んだかな、と再び環が手を出すと、エリオはやっぱり笑顔のまま、胸の辺りまで持ち上げていた布袋を体の脇へと下ろし、なんでもない調子で言った。

「私も一緒に図書館まで行きます」

ごく軽やかな調子で言い放たれたのは提案でもなければ許可を乞《こ》うものでもなく、真っ向からの決定事項で、環は一瞬耳を疑う。

二の句も継げず棒立ちになった環を残し、エリオは本の入った袋を手に歩き出してしまうので、環は慌ててエリオの服の肘を摑んで引き止めた。

「そっ……そこまでしていただくわけには！　大丈夫です、本当に大丈夫ですから！」

振り返ったエリオは環を見下ろして、おかしそうに喉の奥で笑った。

「環さんは日本語が通じる相手にもいつも一生懸命話しかけるんですね。今まではてっきり日本語が通じないから必死になっているんだと思っていましたが」

「いえ……っ、そういうわけでは――……」

普段の環の語り口はむしろおっとりとして落ち着いている。こうなるのは相手がエリオだからなのだが、当然そんなことを打ち明けられるはずもなく言葉が尻《しり》すぼみになった。

「あの、だったらせめて、荷物は自分で持ちますから！」

後ろからパッと布袋の持ち手を摑むと、振り返ったエリオが苦笑した。

「駄目ですよ、それではなんのために一緒に行くかわからないじゃありませんか」

「でも本当に、重たいですから……！」

「重たいからです」

環が必死で訴えてみても、エリオは笑って取り合わない。それでも環が袋の持ち手を離さないとようやく立ち止まり、弱り顔で体ごと振り向いた。

「だったら、図書館まで私と手を繋いで行きますか？」

代替案に飛びつきかけた環は、その内容を頭に描き、ギョッとして足元をぐらつかせた。男同士で手を繋いで歩くなんて、そんなことできるわけがない。

（あっ、で、でもイタリアでは男の人同士で手を繋ぐこともあるんだっけ⁉）

以前読んだ本の内容が頭を掠《かす》め、エリオが言っているのが冗談なのか本気なのか俄《にわ》かに判断がつかなくなった。心から善意を込めて提案してくれているのだったら無下に断るのは申し訳ない。けれど図書館へ行く途中には商店街もあるし、多くの人で賑わう場所で男二人が手を繋いで歩いたら奇異の目を向けられるのは必至だ。自分はともかくエリオに肩身の狭い思いをさせるわけにはいかないと、環は髪の先が宙を舞うほど激しく首を横に振った。

「そういうわけにはいきません！」

「だったら本は私が持ちます」

環の返答など端から予想していたようにエリオがさらりと言ってのける。

（や、やっぱり冗談だったのか！　よかった、下手に頷いたりしなくて……！）

人知れず冷や汗をかいた環はごくりと喉を上下させ、まだ摑んだままだった手提げの持ち手を無意識に握り締める。その手の上に、ふわりとエリオの掌が重ねられた。

　エリオの大きな手が環の手を包み込み、その乾いて温かな感触に環は息を詰める。硬直した環には気づかず、エリオは互いの手を重ねたまま身を屈めて囁いた。

「ほら、手を離してください」

　低い声が環の前髪を揺らす。顎先をがっちりと固定したまま視線だけ上げたら、薄く目を細めるエリオと視線が交わった。

　わずかに笑みを含ませた唇は滴るような色気を伴って、環はエリオから目を離せない。直後、神父相手に色っぽいなんて思ってしまった自分に愕然《がくぜん》として、慌てて握り締めていた袋の持ち手を離した。同時に環の手に重ねられたエリオの手も離れていく。

「行きましょうか」

　斜め上から屈託のない声が降ってくる。直前の不埒な思いを見破られていないかとおずおず視線を上げると、エリオが朗らかな笑みをこぼした。

　踵を返して前を歩き始めたエリオの背中を見詰め、環も力ない足取りで歩き出す。

（い……色っぽいなんて、神父様相手に……）

　誰かの仕草や表情を見てそんなふうに思うのは、女性はもちろん恋愛対象である男性相手でも初めてのことだ。いけないとは思うものの、エリオの低く甘い声や、不意打ちのような流し目を食らうとどうしても意識せざるを得ない。その上エリオは他人との距離が近い。平気で顔を近づけてくるし、男同士で手と手を重ねるなんてこともごく自然にやってのけてしまう。環としては妙な勘違いをしないよう自分を戒めるのに必死だ。

熱い溜息とともに額に手を当てた環は、唇をへの字にしてエリオの背中を見遣った。

(……こんなに意識する方がおかしいのかな)

もともとエリオはイタリアの出身だ。スキンシップが過剰なのは誰に対しても同じなのかもしれない。

(だったら、僕じゃなくても、こんなふうに……?)

そんなこと思っていたら、ふいにエリオが振り返った。

「環さん、できたら隣を歩いてくれませんか?」

またしても、心臓の止まるようなことを言う。つき合い始めのカップルでもあるまいしなぜそんな、と声を失う環を見て、エリオは照れたように笑った。

「図書館までの道がよくわからないので」

強張っていた環の肩が、がくりと落ちる。エリオの一挙一動に振り回され、環はジェットコースターにでも乗っている気分でふらふらとその隣に立った。


土曜日ということもあり、近所の図書館はいつもより人が多かった。

自動ドアを抜けて中に入ると正面がラックの並んだ雑誌コーナーで、壁沿いには長ソファーが置かれ、たくさんの人が本のページをめくっている。調べ物や勉強をする人はおらず、趣味の雑誌を読む人たちは皆のんびりとした様子だ。

そんな中にキャソックを纏った神父がやってきたものだから、雑誌コーナーの視線はいっぺんにエリオへ引き寄せられる。男性は、ちょっと珍しいものを見た、という顔で眉を上げてすぐ本に視線を戻すが、女性はしばらくエリオから目を逸《そ》らさない。上は七十過ぎの御婦人から、下は小学校低学年の女の子まで、同じように呆《ほう》けた顔でエリオを凝視している。

エリオに続いて図書館に入った環もその視線を肌で感じ、凄《すご》いものだな、と改めて感心する。一言も発さず、ただその存在感だけでこれほどに衆人の関心を集めてしまうとは。

一方のエリオはこうした視線に慣れているのか、怯んだ様子もなく本の入った手提げを環に手渡すと、軽く身を屈めて環の耳元に手を添えた。

「私も少し中を見てきていいですか？」

静かな館内で、日本語を喋る声が他に漏れないよう配慮したのだろう。吐息の混ざる低い声で耳打ちされた環は、背中にザァッと走った震えを押し隠してぎくしゃくと頷いた。

「わ、わかりました、僕はここにいるので、行ってきてください」

同じように声を潜めた環に、エリオは目を細めて無言で頷く。上着の裾を颯爽《さっそう》と翻して書棚に向かう背中を見送り、環はほうっと息を吐いた。

全身を、プールから上がったときのような疲労感が包み込む。疲労感と言っても嫌な気分ではなく、まさしくプールではしゃいで遊んだ後のような満足感と心地よさも感じるのだが、常になく疲れているのもまた事実だ。

(誰かを好きになるってこういうことなのかな……?)

随分と精神的にも肉体的にも負荷がかかるものなのだな、と思いながらカウンターに向かうと、エプロンをつけた女性職員が待ってましたとばかり環に声をかけてきた。

「ね、環ちゃん、今一緒に入ってきたの、神社の向かいの式場の人?」

環の母と同年代の職員は環が物心ついた頃からこの図書館で働いていて、環のことも気安く「環ちゃん」と呼ぶ。環が手提げ袋から本を出しながら頷くと、相手はカウンターから身を乗り出して書棚の向こうに消えていったエリオを探す素振りをした。

「噂には聞いてたけど、本当にすごいイケメンなのね! それにしても環ちゃん、どうしてあの神父さんと一緒だったの?」

「え、あー……その、図書館までの道を訊《き》かれたので、ついでに一緒に……」

「環ちゃん英語得意なの?」

エリオが日本語を喋れないと信じて疑っていない職員に、環は曖昧に首を動かす。

「その、そんなに得意じゃないけど……ぼ、ボディーランゲージで……」

気がつけば、いつか父が言っていたのと同じ言葉を口にしていた。

あのときあんなに疑わしいと思ったのに、とっさに父と同じ思考回路で胡散臭いことを言ってしまった自分が恨めしい。けれど職員は素直に環の言葉を受け入れ「やっぱり今時の子は早いうちから英語習ってるから違うわねー」と感心してくれた。

「で、本の返却ね。予約の本も来てるけど、持ってく?」

お願いします、と環が図書カードを差し出すと、相手はすぐにカウンターの裏から数冊の本を持ってきてくれた。

小説二冊に実用書一冊、その中にまぎれ込ませた本命の一冊を受け取って、環は頭を下げてカウンターから離れた。

書棚に視線を向けてみるがエリオが戻ってくる気配はない。初めての図書館でいろいろと見たいものもあるのだろう。環は敢えてエリオを探しに行くことはせず、雑誌コーナーの壁際に並んだソファーに腰を下ろした。

手提げに入れた本の中から、目当てのそれをそっと抜き出す。タイトルは『一目惚れの正体』という、普段の環なら手にも取らないような雑学本だ。

もう一度書棚に目を向けエリオの姿がないことを確認してから、環はそっと本を開いた。

そもそも恋愛状態とは、という序文は読み飛ばそうと思っていたのだが、こんなときでも環は斜め読みが上手くできない。その上文章の中に「恋愛をしているときは一種の脳の異常興奮状態」「長期継続するものではなく、長くても数年でその状態は解消する」などという文章を見つけ、つい納得顔で頷いてしまう。

（確かに異常興奮状態……！　やっぱりおかしいよね？　皆そうなるよね？　でもこんなの長く続くわけないよね、体持たないもんね⁉）

十代の頃ならいざ知らず、三十にもなると誰かと恋愛話などする機会もなく、環は本の中に求めていた心の友を見つけた気分で何度も頷く。そもそも自分の性癖を自覚してからは恋愛関係の話題自体を避けてきたので、環はその手の話に花を咲かせたことすらない。

本に書かれていることがすべて真実とも思えないが、環は興味深くページをめくる。その中に、いよいよ「一目惚れの正体」という項目が現れ思わず背筋を伸ばした。

数週間前、初めてエリオを見た日のことを思い出す。

あのとき境内を強い風が吹き抜けて、その後に現れたエリオを見た途端、いっぺんに心を奪われた。世の中に一目惚れというものがあることは環とて知っていたが、それがあんなにも一方的で抗《あらが》えないものだとは思いもしなかったのだ。

たった一度目にしただけの人間が、その後の自分の思考の大半を占めてしまうなんて、こんな劇的なことが他の人間にも起こるのか。もしや自分のこれは一目惚れとは違う何かではないか。そんなことを思い文字を辿っていた環は、思わぬ一文に行き当たり目を見開いた。

「一目惚れの正体、それは」の後に続く文章だ。

「それは、瞬間的な性欲の発露である」

想像もしていなかった結末に大きく息を吸い込んだ瞬間。

「環さん」

斜め上から掠れた息の混じる声で名前を呼ばれ、吸い込んだ息が器官の妙な場所に入り込み、環は盛大に咳《せ》き込んだ。

顔を上げるといつからそこにいたのか、ソファーの前に立ったエリオがごく潜めた声で「大丈夫ですか」と環の背中に手を添えてくる。服の上からでもくっきりと手の形を感じ取り、環は慌てて本を閉じると袋の中に突っ込んだ。

「だ…っ…大丈夫です、もう、いいんですか……?」

斜め前のソファーに座った女性がちらりとこちらを見て、環は声を低くする。

狭い町だ、どこからエリオが実は日本語に堪能だと伝わってしまうかわからない。恥を忍んで「オッケー?」と周囲に聞えよがしに言ってみると、エリオはそんな環の意図を汲んだらしく一瞬おかしそうに笑って「ＯＫ」と環よりよほど流暢な受け答えをした。

図書館を出ると、エリオは当たり前の顔で環から手提げを奪い、元来た道を戻り始めた。

図書館の周辺は閑静な住宅街で、休日でも人や車はほとんど通らない。代わりに昼食時の道路には、うっすらと各家庭の食卓の匂《にお》いが漏れ出している。

そんなのどかな風景の中にありながら、環の横顔は深刻に張り詰めたままだ。斜め前を歩くエリオの背中を見ることもできず、ジッと地面を凝視する。

頭の中では、先程目に飛び込んできた本の一文がまだ消えずに渦を巻いている。

（……瞬間的な、性欲）

真実一目惚れの正体がそれなのだとしたら、自分はエリオを見た瞬間、その外見に欲情したということになる。

（まさかそんな！　神父様相手に、冒瀆《ぼうとく》以外の何物でもない……！）

でもな、と弱々しく環の草履が地面を擦る。性欲云々《うんぬん》はともかく、自分がエリオに対して邪恋を抱いていることは本当だ。先程も、色っぽい、なんて思ってしまったことを思い出し、ますます後ろめたい気分になる。

そう思うと、今この瞬間だけは改宗してエリオの足元に跪いてしまいたくなった。キリスト教の、罪を犯した人々が神父にそれを打ち明ける告解という制度が心底羨《うらや》ましい。

下を向き、強張った顔で歩き続けているうちに住宅街は終わり、商店街まで戻ってきた。アーケードの張られた数百メートルの商店街を抜ければ、神社まであと少しだ。

ガラス張りのアーケードからは日差しが射《さ》し込み、その下をたくさんの人が歩いている。スカイツリーから近いとはいえ、微妙に交通の便が悪いため滅多に観光客が流れてこないこの界隈には、大きなデパートやスーパーもなく、未だにこうした商店街にも活気がある。

歩道にクリーム色と薄い灰色のタイルが敷かれた商店街を歩いていると、店に立つ人々はまずエリオの顔を見て身構え、その後ろにいる環を見てどういう組み合わせだと首を傾げ、それから気を取り直した様子で環に声をかけてくる。

「環ちゃん、買い物してかないの？」

「今日は新鮮なしらすが入ってるよ、どう？」

「この前お裾分けしてもらった炊き込みご飯美味しかったわ、ご馳走様」

気さくに声をかけてくる人たちに会釈だけ返し、環はエリオの後ろを歩く。すれ違う瞬間、全員の口元が何か言いたげに動いて、きっと次にひとりで商店街を訪れたときは、皆からあの神父とどうして一緒に歩いていたのだと問い詰められることになるのだろう。

そのときは図書館で女性職員にしたのと同じような受け答えをしておこうと思いつつも、環は少し気が重い。噂話には尾ひれがつく。環がどんなに片言の英語しか喋れないと言い張っても、それが巡り巡って「環ちゃんは英語が得意」なんて事実と違うものにすり替わってしまうのは目に見えていた。

そんなことを考えている間に数百メートルの商店街にも終わりがやってくる。商店街の端に建っているのは昔ながらのたい焼き屋だ。夕暮れ時など、お腹《なか》を減らした子供たちが店の前に置かれた小さなベンチに座ってたい焼きにかぶりついているのだが、今日は白髪の小柄な女性がひとりいるだけだった。

女性は環の家のご近所さんで、サヨという。三年前に他界した環の祖母と同い年で、時々神社にやってきては母屋の縁側で祖母と話し込んでいたものだ。

環が会釈をしてその前を通り過ぎようとすると、片手に食べかけのたい焼きを持ったサヨが、ちょっとちょっと、と環を手招きした。

　サヨの動きに気づいたのだろう。前を歩いていたエリオも足を止める。同行者がいるので立ち止まっていいものか悩んだが、振り返ったエリオが、どうぞ、というように笑顔で頷いてくれたので、少しだけ話につき合うつもりでサヨに歩み寄った。

「サヨさんこんにちは、おひとりですか？」

「娘と一緒よ。でもお米買ってくるって言うから、ここで待ってるの」

サヨは実の娘と婿養子、さらに孫の四人で暮らしている。それよりも、とベンチに腰かけたサヨは皺だらけの顔を歪めて身を乗り出してきた。

「聞いてちょうだい、うちの孫が今度結婚するかもしれないんだけど、式は新しくできた教会で挙げるなんて言ってるのよ！」

　どう思う、としかめっ面で詰め寄られ、環は笑顔を凍りつかせる。サヨの表情を見る限り、間違っても好意的な反応など期待していないようだ。とはいえ斜め後ろにはエリオが立っていて、環たちの会話はすべて聞こえている。たとえその場限りであったとしても下手に相槌など打てるわけがなかった。

　サヨもエリオの神父然とした格好を見れば式場関係者だと見当もつくだろうに、まるで頓《とん》着《ちゃく》した様子がない。

「アタシも娘も、うちは代々そちらの神社で式を挙げていただいたでしょ？　孫もそのつもりでいたのに、目の前に教会なんてできちゃったもんだから急に目の色が変わっちゃって」

嘆かわしい、とサヨが首を振る。エリオに背中を向けて立っている環は、後ろにいるのは式場の人だと必死でサヨにアイコンタクトを送るが、サヨは環の気遣いなど鼻先で笑い飛ばして意にも介さない。

「本当にね、お宮参りから始まって七五三も成人式も全部神社のお世話になって、毎年初詣《はつもうで》にも通ってるのに、ちょっと外国っぽい洒落《しゃれ》たものが出てくるとすぐ目が眩んじゃって」

「ち、ちょっとサヨさん……」

「環ちゃんのお父さんも怒ってたでしょ？　日本人は新しいものに流されがちで駄目ねぇ。ハイカラなばっかりであんなところに神様がいらっしゃるかわかったもんじゃないじゃない」

ヒィ、と環は押し殺した悲鳴を上げる。確かに式場ができたばかりの頃、父は教会を目の敵《かたき》にしていたが、今やすっかりその態度は軟化している。一方サヨは父の心変わりを知らないらしい。アタシは深逢瀬神社の味方よ！　と声高に宣言してくれるが、後ろにいるエリオの表情を想像すると、環はこの場から走って逃げ出してしまいたくなる。

サヨはエリオに日本語が通じないと思い込んでいるようで、式場を罵《ののし》る言葉に容赦はない。下手に黙らせようとしたところでその舌鋒《ぜっぽう》が止まるとも思えず、環は力なくその場に腰を下ろすと、ベンチに腰かけた小柄なサヨと視線を合わせた。

「サヨさん、他の人のことを悪く言うのはやめましょうよ」

　揃えた膝の上に両手を乗せ、環は眉を八の字にしてサヨを見上げる。弱り切った環の顔を見て、サヨの語調がわずかに緩んだ。

「でも、教会は神社の敵でしょう?」

「敵も味方もありません。人生の門出をお祝いしてあげたいと思う気持ちは一緒です。僕も、後ろにいる神父様も」

　そこでようやくサヨもエリオに視線を向け、ほんの少しだけ口ごもる。事ここに来てさすがに口がすぎたと思ったのか、どことなくばつの悪そうな顔をするサヨに環は続けた。

「僕たちはただ、結婚式っていう人生の節目で、この先も続く長い日々にたくさんいいことが続くように神様にお願いをしてるだけです。僕と神父様とでお願いする神様の名前は違うかもしれませんが、祈る強さは変わりません」

　ゆったりとした口調で喋る環の声を聞くうちに、サヨの気炎が薄れていく。そのタイミングを見計らい、環はにっこりと笑った。

「いいじゃないですか。教会でドレスを着て式を挙げるのも素敵ですよ」

「でも、深逢瀬神社の人たちにはいつもお世話になってるのに……」

「だったら僕たちも、ご近所のよしみで参列者としてお祝いさせてください」

　ね、と環が小首を傾げると、渋々ながらサヨも納得してくれたらしい。反論を呑み込むよ

造りとうふ
たいやき

うに、手にしたたい焼きをぱくりと頬張った。

「それじゃあ、お孫さんの結婚式楽しみにしてますね」

最後にそう言い残し、環はサヨに手を振って背後を振り返る。そこにはすでに環たちに背を向けたエリオの後ろ姿があり、その表情が見えなかったことに環はドキリとする。

商店街を出てもエリオは何も言わない。喧騒《けんそう》が遠ざかり、代わりにエリオの足音だけがやけに耳について、環はドギマギと前を行くエリオの様子を窺った。

(や……やっぱり気分を悪くしたかな……)

散々式場をこき下ろされた上に、環の父親が対抗意識を燃やしていたことまでばれてしまった。さすがに怒ってしまったのではないかと思うと、気安く声もかけられない。

それだけでなく、サヨの言葉から神事に対して無節操な日本人の姿まで晒してしまった気分で肩身が狭かった。

(よく考えたら日本人ってお宮参りは神社でやるし、お葬式はお寺だし、でも結婚式は教会で、七夕とかクリスマスとかハロウィンとか、行事もごった煮だもんな)

それはキリストの教えを日々の主軸として生きるキリスト教徒の目にどのように映るのだろう。日本人は随分いい加減だと思われたのではないかと、環はすっかり萎縮《いしゆく》してしまう。

環が悶々と悩む間も、一歩ごとに神社は近づいてくる。

このまま気まずい沈黙のうちに別れるのも嫌で、なんとか話の糸口を見つけられないかと環がそわそわしていると、前を行くエリオがふいに口を開いた。

「……よく考えたら、私たちは商売敵になるんですね」

エリオの声は一本調子で、そこに潜む感情が伝わりにくい。怒っているのかとぎくりとしたものの、横顔だけこちらに向けたその顔はむしろ思案気だった。

商店街を出てからずっとびくびくしていた環は、とりあえずそこに怒りの色がないことに安堵して足を止める。エリオもそれに気づいて立ち止まり、恐縮した様子で頭を掻いた。

「環さんのお父さんが気分を害されるのも当然ですね。それなのに、でしゃばって傘なんて届けてしまって、その上お礼に煮物まで……」

「い、いえ！　父も傘を貸していただいたのには本当に感謝していて、もう敵対心なんてありませんから！」

さすがに黙っていられなくなってそう言った環は、少し迷ったものの「最初は確かに、敵視してましたけど……」と本当のこともつけ加える。けれどエリオは嫌な顔をするわけでもなく、それどころか安堵した様子で胸に手を当てて笑った。

「よかった。環さんのお父さん、ときどき教会の前の道路でこちらに手を振ってくれるんです。遠くで表情は見えなかったのですが、挨拶《あいさつ》をしてくれているんだろうと思ってのんきに手を振り返していました。今も敵視されていたのなら、一体どういうつもりで手を振ってくれているのか悩むところでした」

「えっ……！　ち、父がそんなことを……!?」

いつの間に、と環は顔を強張らせる。父は頑固でとっつきにくい反面、一度心を許した相手にはやたらとなつく傾向がある。きっと教会の前で、満面の笑みでエリオに手を振っていたに違いない。

身内の勝手な行動に環は耳を赤くするが、エリオは純粋に父の挨拶が嬉しかったようで、上機嫌でつけ加えた。

「もし先程の御婦人のお孫さんがこちらで式を挙げることになったら、環さんたちにもぜひ出席してもらいたいです」

晴れやかな笑顔を向けるエリオを、環は上目遣いに窺う。エリオの言葉に偽りは感じられないが、それでも尋ねずにはいられなかった。

「あの、あ、呆れませんか……？」

再び歩き出そうと踵を返しかけたエリオが足を止める。環の言葉の意味を理解しかねたのか、キョトンとした顔で首を傾げるエリオに、環はたどたどしく尋ねた。

「その、キリスト教の方から見たら、僕たちは本当に無節操に見えるんじゃないかと……。日々の祭事は神社で執り行っておいて、結婚式だけは教会で、なんて……」

環の小さな声に耳を傾けたエリオは、言わんとしていることを悟って眉を開き、なんでもないことのように笑った。

「無節操だとは思いませんよ。むしろどの神様に対しても敬意を払っていて、皆さん懐が深いと感心するくらいで」

「……じゃあ、神父様は僕たちのことをどう思っていらっしゃるんでしょう？　やっぱり、異教徒、とか、思っていらっしゃるんでしょうか……」

　言いながら、環は境内を訪れても拝殿の前で決して頭を下げないエリオの姿を思い出す。自分の信仰する神ではないのだから手など合わせられないということだろうか。

　むしろ神社を目の敵にしているのはエリオの方ではないかと不安な面持ちで返答を待っていると、エリオは意外なことを言われたとばかり目を見開いて、それから快活に笑った。

「いいえ、私もそこまで厳格にしているつもりはありませんから」

「でも、クリスチャンの方々は戒律に厳しいようですし……食事の前にお祈りをしたり、日曜日に礼拝に行ったり、宗教が生活に密着しているでしょう……？」

　先日読んだばかりの図説キリスト教の内容を思い出しつつ環が尋ねると、エリオは一瞬黙り込み、それから言葉を探すように空へと視線を飛ばした。

「確かに神の教えは生活に根づいたものではありますが……でも環さん、私は物心ついてからほとんどの時間を日本で暮らしていますから、友人に初詣に誘われたり、仏式の親族の葬儀に出席したり、当たり前に日本の宗教にも触れています」

　そこでいったん言葉を区切り、エリオは再び環に視線を戻す。

「でもそんなことで自分の信仰心が揺らぐとは思いませんし、他人の宗教観を否定するつもりもありません。環さんたちご一家とも、宗派を越えて仲よくしたいと思っていますよ」

そう言ったエリオの表情は温和で、本心を無理やり偽っているようにも見えない。むしろ疑う方が申し訳ないほど曇りのないその顔を見て、ようやく環も肩の力を抜いた。

「よかった、本当は神社に入るのにも無理をしていたらどうしようかと……」

「そんなに深刻に考えないでください。それに、異教徒なんて言葉久々に聞きました」

エリオが喉の奥でおかしそうに笑い、環は今更自分の言葉のチョイスが何世代か遅れていることに気づき、俯いて顔を赤らめる。

「それにしても、キリスト教と神道とで宗派はまったく違いますし、商売敵でもあるなんて、私たちはすっかり対立関係ですね」

「えっ……！　ぼ、僕たちは神父様と対立するつもりは……！」

馬鹿真面目に反論しようと顔を上げた環の顔を、斜め上からエリオが覗き込む。陽光を受けたエリオの瞳は一瞬だけ緑にきらめき、環の視線は不思議な色を宿すその瞳に吸い寄せられる。

「なんだかまるで、ロミオとジュリエットみたいじゃないですか？」

スゥッと細められた瞳の美しさに見惚れた環は、催眠術でもかけられた気分で頷きかけ、ギリギリのところで動きを止めた。

（あれ……？　ロミオとジュリエット……って、恋愛小説じゃ……？）

愛し合う恋人同士が、両家の仲たがいが原因で結ばれることなく終わるという、確かそんな内容だったはずだ。

恋人同士と思ったら、環の心臓が急激に騒ぎ始めた。見上げたエリオは笑っていて、深い意味などないと頭ではわかっていても返す言葉が出てこない。

そうですね、と笑って流していいものか、はたまた、男同士でそれはないでしょう、と突っ込むのが正解なのか。沈黙すること約二秒。ごく短い時間でかつてないほど脳を高速回転させた環は、結局後者の選択を採用することにした。

「ロ……、ロミオとジュリエットなんて、こ、恋人同士の話じゃありませんか！」

環は笑いながら言ってみるが、自分の顔が笑顔として相手に認識されているかは甚だ疑問だ。引《ひ》き攣《つ》る口元を無理やり左右に伸ばし、環は重ねて言った。

「それに、キリスト教では同性愛を固く禁じているんじゃ？」

そうですよね？　と環が引き攣った笑みで尋ねると、それまで温厚に笑っていたエリオの顔からスッと表情が抜け落ちた。

突然真顔になったエリオにじっと見詰められ、環の心臓が竦み上がる。何かまずいことを言ってしまったかと居住まいを正すと、エリオが眉間にざっくりと皺を刻んだ。

「……そうですね、同性愛は性的逸脱です。宗教上の罪に値します。許されるものではありません」

淡々と言葉を繋ぐエリオの声は低く、感情の起伏が感じられない。その上予想外に深刻な言葉が返ってきて、環は着物の袖口をギュッと握り締めた。

かつてなく険しいエリオの表情に、忙しなく脈打っていた心臓が一瞬で凍りつく。全身の体温もスッと下がり、背中に力が入らない。重力に負け、どんどん視線が下がってしまう。

エリオの胸元に下がったロザリオに視線を定め、言わなければよかった、と思った。

エリオは単純に互いの家が対立関係にあると言いたかっただけだろうに、妙なことを言って気分を悪くさせてしまった。

(別の宗派の人間が、軽々しく口にしていいことじゃなかったんだ——……)

環は目を伏せ、消え入るような声で「すみません」と呟く。

しょげ返るその肩に、そっとエリオの手が載せられた。

「環さん？　何を謝ってるんです？」

先程よりもずっと深く俯いてしまった環を不思議に思ったのか、エリオが下から環の顔を覗き込んでくる。そこでようやく環が泣き出す直前の子供のように顔を歪めていることに気づいたらしく、エリオはギョッとした表情でもう一方の手も環の肩にかけた。

「ど、どうしました！　何か……えっ、今、私が何か……!?」

ひどく動揺した様子でエリオに肩を揺さぶられ、小柄な環の踵《かかと》が地面から浮きかける。予想外のエリオのうろたえ振りに気圧《けお》されて、環は顔の前で大きく手を振った。

「ち、違います、むしろこちらが…っ…その、不用意に教養についてお伺いしたのは、ぶ、不躾《ぶしつけ》だったかと……っ！」

エリオが激しく肩を揺すってくるものだから舌を嚙みそうで、切れ切れに環が答えると、それだけですか、とエリオが真剣な面持ちで環の顔を覗き込む。まだ視界が揺れているようで目線も定まらないまま環が頷くと、エリオは途端にホッとした顔になり、たちまち顔中に笑みを浮かべた。

「教養だなんて大げさな。そんなことで謝ったりしないでください」

「え、そ、そうですか……？」

そのわりには眉間に皺を刻んだエリオの表情は近寄りがたく、なんだかそれ以上の言葉をかけることが憚《はばか》られるほどだったのだが。

そんな環の思いをよそに、「何事かと思いました」と心底安堵した顔で笑ったエリオは、そこでふつりと言葉を切った。

またしても唐突に黙り込んでしまったエリオに環は混乱する。エリオは薄く笑みを浮かべているものの、それは直前までの自然な笑みとは違いどこか作りものめいていて、エリオの変わり身の早さに翻弄《ほんろう》されるばかりだ。

今度は何か、と恐る恐る尋ねようとしたら、環の傍らを買い物帰りの主婦と思しき女性が後ろから追い越していった。

女性はすれ違いざま、ちらりとエリオの顔を一瞥《いちべつ》して通り過ぎていく。その後ろ姿を見て、ようやく急にエリオが黙り込んだ理由を悟った環は、気の抜けた声を上げた。

「急に何も言わなくなったので、何事かと思いました……」

力なく環が呟くと、「すみません」と少し潜めた声でエリオが謝ってきた。まだ背後の女性の耳を気にしているのだろう。

予想以上に慎重に日本語が喋れることを隠そうとするエリオを見て、環は不思議な気分になる。確かに教会の神父といえば皆日本語がたどたどしい印象だが、日本語が喋れる、もしくは日本人が神父になることはできないのだろうか。

思案顔で歩き始めた環の表情を読んだのか、どうしました、とエリオが声をかけてきて、環はたった今疑問に思ったことをエリオに尋ねてみた。

「いいえ、日本人だって神父として式を挙げることは可能です。神父や牧師になりたければ神学校に通えばいいわけですし、神父でなくとも一定時間の講習を受ければ、教会で式を挙げることもできます」

「あ、やっぱり神父様にも学校とか講習とかあるんですね」

環の受け答えに、今度はエリオが興味深そうな表情を浮かべた。

「神主さんにも、養成機関のようなものがあるんですか？」

「はい、僕も神道科のある大学を卒業しました。もうずっと昔の話ですけど」

「そんな、昔というほど前のことでもないでしょう？」

　エリオはおかしそうに笑ったが、実際環が学校に通っていたのは十年近く昔のことだ。うっすらと、もしかしてまた実年齢よりずっと下に見られているのかな、とは思ったが、それには触れず環は当時を振り返る。

「普通の大学に通っていた友達は試験だバイトだって楽しそうでしたけど、こっちは神務実習とか神社奉仕とかで大変で……」

　ふと視線を感じて横を向くと、エリオが物問いたげな顔でこちらを見下ろしていた。同じ神職者でも使う言葉は違うのかと、環は慌てて補足する。

「神務実習っていうのは、大学で指定した神社に行って実際の仕事を手伝うことなんですけど、七日間も泊まり込みで行われるので大変で。祭礼の準備とか練習はもちろん、禊《みそぎ》をするために山の中に入って滝に打たれるのが本当に辛くて」

「滝行ですか？　環さんが？」

　エリオが驚きに目を見開く。そんなエリオをちらりと見上げ、よほど自分はひ弱そうに見えるのだろうなと環は微苦笑を漏らした。

「意外とハードなんですよ。夏休みとか年末年始は神社奉仕がありますからお休みなんてありませんし。座学では古事記《こじき》の勉強とかするんですけど、皆疲れ切っていて理解するより眠らないようにする方が大変で……」

午後の気だるい授業風景を思い出し、環は懐かしさに目を細める。眠気を誘う午後の日差しと、うつらうつらと船を漕ぐ級友。もしもあの場にエリオもいたら、皆と同じように静かに目を閉じていただろうか。それとも真っ直ぐ背を伸ばして講義に耳を傾けていたか。

「神父様の学校では、どんな勉強をなさってたんですか？」

昔のことを話すうちにいつになく口が滑らかになって、なんの気なしに環は尋ねる。自分と同じように気楽にエリオも学生時代の話をしてくれると疑いもせずに。

ところが、見上げたエリオはどこか浮かない表情で前を見据えていて、とても笑って話に応じてきてくれる雰囲気ではない。

エリオの表情が曇っていたことに気づきもしなかった環は目を瞬かせる。エリオの態度が急変するのは今日だけでもう何度目だろう。あの、と環が控えめに声をかけると、ようやくエリオがはっとした顔でこちらを向いた。

「私、ですか……。私は、環さんほど真面目な生徒ではなかったので」

だから話すこともないとばかり、エリオは曖昧な笑みを浮かべる。

そう言われてしまうと、環も無理に話を聞き出すことなどできない。もしかするとキリスト教の学校は軽々しく教育内容を外部へ漏らしてはいけないのかもしれず、おとなしく口を噤《つぐ》んだ。

またしても沈黙が訪れかけたところで、ようやく神社へ上がる階段が見えてきた。少しだけほっとしたような、エリオと並んで歩くのもう終わりかと思うと淋しいような、均一に混じり合わない感情を持て余し、環は階段の前で足を止めた。

「あの、今日はおつき合いいただいて、本当にありがとうございました」

エリオと向き直り深々と頭を下げた環は、本の入った袋を受け取ろうと手を差し出す。ところが階段を下りてきたときと同様に、エリオは袋を渡そうとしない。

見上げると、すっかりいつもの笑顔に戻ったエリオが小首を傾げていた。

「その足でひとりで階段を上るのは大変でしょう？　手をお貸ししますよ」

「え、いえ、それは……」

これ以上手を煩わすのはさすがに申し訳ないとしりごみする環に、エリオは楽しそうに笑ってさらにこんなことを言った。

「手で足りなければ、背中をお貸ししましょうか」

「え……せ、背中？」

「背負って差し上げましょう」

思いがけぬ申し出にぎょっとして、環は上体を仰《の》け反《ぞ》らせる。その姿を見たエリオは堪《こら》えきれなくなったように緩く握った拳《こぶし》を口元に当て、喉の奥で笑いを押し殺した。

「もちろん、お姫様のように持ち上げて差し上げることもできますよ？」

笑い混じりの声で紡がれる言葉はとても本気には聞こえず、冗談か、と思ったら環の肩から力が抜けた。環は笑って受け流そうとして、直前で思い留まる。

なんだか今日はエリオにからかわれてばかりで、自分ひとりあたふたしていたような気がする。同じ男としてそれもなんだか情けなく、最後の最後で冗談を受けて立つつもりで環はエリオに一歩近づいた。

「じ、じゃあ、よろしくお願いします」

男同士でそんなこと、気軽にできるものならやってみろ、という挑発的な気持ちも込め、環は目一杯虚勢を張ってエリオを見上げる。さすがのエリオも弱り顔で両手を上げ、「ごめんなさい、冗談です」と音を上げるのを予想して。

ところが、エリオはやはり、環の想像など軽く超えてきた。

「では、横抱きでよろしいですね？」

涼しい笑みを浮かべたまま、エリオがためらいもなく身を屈めて環の背中と膝の裏に腕を伸ばしてくる。

唐突に相手との距離が縮まって、目の前に黒い服で包まれた広い胸が迫った。環の背に大きな掌が触れ、洋服越しなのだから瞬時に体温が伝わってくるはずもないのに、その熱さに背中が反り返った。一瞬で背骨がグニャリと溶けてしまったかのような錯覚に襲われる。

環がうっかり重心を後ろに傾けてしまったものだから、それを支えるエリオの腕にグッと力がこもる。そのまま本気で抱え上げられそうになって、環は悲鳴混じりの声を上げた。

「うわ、すすす、すみません！　冗談です、下ろしてください！」

切羽詰まった環の声に、楽しそうなエリオの笑い声が重なる。やはり本気で環を抱き上げるつもりはなかったらしく、背中に添えられていた手はするりと離れ、環は着物の襟元を押さえて深い息を吐いた。

「まぁ、横抱きは冗談としても」

環の息が整うのを待って、エリオが再び片手を差し出してくる。

「手はお貸しします。坂道でも歩きにくそうにしていたんですから、やっぱりひとりで階段を上るのは痛むでしょう？」

地面に落ちていた環の視線が、自然とエリオに引き寄せられる。

エリオの言う通り図書館へ向かう途中の道には緩い坂もあって、上り下りすると平地を歩くのとは違う負荷が足首にかかりわずかに痛んだ。エリオに余計な心配をかけないよう極力顔には出さずにいたつもりだったのに、しっかり見られていたらしい。

普段通りの顔で隣を歩いているように見えて、ずっとこちらを気にかけてくれていたエリオの気遣いが嬉しくて、環はおずおずと差し出された手に自身の手を重ねた。

エリオは柔らかく目元を緩めると、眼差しと同じくらい優しく環の手を握って階段を上り始める。一段一段苔むした階段を上りながら、環は目の前にあるエリオの大きな背中を目で辿った。わずかに視線をずらせば節の高い長い指が自分の手を包み込んでいて、環は密やかな吐息を漏らした。

（やっぱり、夢に出てくる人に似てる……）

夢では顔がよく見えないので、恐らく全体の雰囲気が似ているのだろう。最近はめっきり夢も見なくなってしまったが、少し前に見た夢の中でも相手は自分の手を取ってくれて、今と同じように長い指や整った爪の形に見惚れたものだ。

（それから、胸も広くて……）

先刻目の前に迫ったエリオの広い胸を思い出した環は、夢の中でその人物が自分を抱き寄せたシーンまで思い浮かべてしまいギクリと背筋を強張らせた。

図書館でちらりと見た本の一文が脳裏を過る。一目惚れは瞬間的な性欲の発露、だったろうか。

今まで環は夢の中の人物に抱きしめられてもなんら性的なものを感じなかったのだが、あんな本を読んでしまった後ではどうにも自分の感情に自信が持てなかった。

（ほ……本当に僕は、一度もそういう変な気分になったことなんかなかったっけ？　ででも初めて神父様に会ったときは、少しも変なこと考えなかった……はずだ！……多分！）

そんなことを思っていたらエリオが肩越しにこちらを振り返って、胸に浮かんだ言葉を口の中でぶつぶつと呟いていた環はうっかり妙な声を上げそうになる。寸前で無理やりそれを呑み込んだ環に、エリオは曇りのない笑みを浮かべて言った。

「もうすぐ階段が終わりますから、気をつけてくださいね」

どこまでも怪我人を案じ、善意から手を引いてくれるエリオの笑顔が眩《まぶ》しくて、環は目を瞬かせた。後ろ暗いことを考えていただけに、一層エリオの笑顔が直視できない。

すみません、と環が弱々しく呟くと、エリオはその謝罪を通りいっぺんに受け取ったらしく「遠慮しないでください」と快活に笑って階段を上り切った。

階段を上ってすぐの場所にある鳥居の前に立つと、周囲の木々が環を迎えるように静かにざわめいた。環はその場で足を止め、参道に向かって深く頭を下げる。

だが、環が突然立ち止まることなど想定していなかったのだろうエリオはそのまま先に進んでしまい、まだ手を繋いだままだった環の体がつんのめる。慌てて足を踏み出したら痛めた右足で全体重を支えてしまい、環はギリギリのところで呻き声を呑み込んだ。

エリオが驚いた顔で振り返り、慌てて環の肩を支える。

「ど、どうしたんですか⁉　急に立ち止まって、何かありましたか！」

「い、いえ、違うんです、いつもの癖で……。鳥居を潜《くぐ》る前は一礼するのが癖でして……」

痛みを堪えて環が笑うと、環を気遣いながらエリオも横目で鳥居を見た。

「それは、この神社の決まりですか？」

「決まりというか……なんでしょうね、礼儀、のような……」

ようやく痛みも和らいで、前屈みになっていた環は体を起こす。また体勢を崩してもすぐ支えられるよう、環の背中に沿うように手を上げたエリオは、言葉の意味を捉え損ねたのか首をひねった。

「頭を下げるのは、拝殿に対してですか？　それとも後ろの本殿に？」

「え？　あー……えっと……」

改めて問われてみると、自分は何に対して頭を下げているのだろう。物心ついたときから鳥居を潜るときは一礼していたから意識したこともなかった。最初にこの場所で礼をするように教えてくれたのは誰だったか。父か、母か、それとも祖父母か。

思い出せない。だが、黙り込んだ環を励ますかのように周囲の木々がざわざわと揺れ、あそうか、と環は口を開いた。

「神様にご挨拶しているんです」

斜め上からこちらを見るエリオの目がわずかに見開かれる。大きな飴玉《あめだま》でも突然口に含まれたような顔をするエリオを見上げ、環は平素と変わらぬ口調で言った。

「ここは、神様のいらっしゃる場所ですから」

風が吹いて、ザザッと周囲の木々が揺れた。頭上から落葉がばらばらと降ってきて、エリオの視線も左右に揺れる。再び戻ってきたヘーゼルの視線を受け止め、環は静かに頷いた。

鳥居を潜ったその先は、砂粒ひとつ人間のものではない。すべてに神聖な霊威が宿る。

所だ。

鎮守《ちんじゅ》の森に周囲を守られ、俗界と神域を朱色の鳥居で区切られた、ここは神様のおわす場所だ。

エリオは何か言いかけて口を開き、だが上手く言葉が出てこなかったようで再び唇を引き結ぶ。と思ったらその顔に神妙な表情が浮かび、環を見る眼差しが少し強くなった。

怒っているのとは違うようだが、強い意志を秘めたその表情に環はたじろぐ。また余計なことを言ったかと視線をうろつかせ、直後自身の発言の不用意さにハッとした。

(そうか、キリスト教って唯一神だから、気安く神様がいる場所なんて言っちゃいけなかったんじゃ……?)

どうやら神主と神父が語り合うには、文化にしろ思考にしろ障害が多すぎるようだ。もう余計な口は利くまいと環が口を閉ざすと、反対にエリオがゆっくり口を開いた。

「……環さん、私は——……」

再び頭上の木々が揺れる。エリオの声は葉擦れの音にかき消されてしまうほど小さく低く、環は思わずに前に身を乗り出した。

エリオはやはり深刻な顔のまま、言葉を探すように一瞬沈黙し、思い切った顔で再び口を開く。そのときだった。

「おーい、環！　おっせぇぞ！」

拝殿の方から野太い男の声が響いてきて、環とエリオは揃ってそちらへ視線を向ける。

遠くから、大柄な男が石畳の上をのしのしと歩いてこちらに近づいてくる。硬そうな髪を短く切り、擦り切れたジーンズにモスグリーンの煤《すす》けたジャンパーを着た男を見て、環は目を見開いた。

「――……圭ちゃん？」

向こうからやってくる無骨な大男とは不似合いな呼び名に、今度はエリオが目を丸くする。そんな二人の前で立ち止まると、男は不精髭《ぶしょうひげ》を生やした顔にニッと子供っぽい笑みを浮かべた。それを見た環の顔にも、たちまち満面の笑みが浮かぶ。

「圭ちゃん！　いつこっちに帰ってきたの？」

「昨日だよ。葉書きにも書いといただろ？　じきに戻るって」

そうだけど、と思わず圭吾に駆け寄った環は、鳥居の下に立つエリオが置いてけぼりを食らった顔をしていることに気づき慌ててエリオに向き直る。

「すみません、神父様。あの、こちらは僕の友人で、肥田圭吾君といいます。圭ちゃん、こちらは向かいの式場の神父様」

式場？　と圭吾は不思議そうな顔をする。日本に戻ったばかりで周辺の変化に疎くなっているらしい。あれだよ、と木々の間から見える建物を指差すと、ようやく眉を開いてエリオを見た。

「あれ式場だったんですか。いつ頃できたんです？　もう何組か式挙げました？　あ、カメラマンが足りなかったらお手伝いしますよ」

圭吾は厳つい顔に似合わぬ人懐《なつ》っこい笑顔を浮かべて太い指で自分を指差す。それに対してエリオは少し困った顔で笑うばかりで何も言わない。

「神父様？　どうしました？」

何も答えないのを不思議に思って尋ねた環は、エリオに弱り切った視線を向けられてハッと息を呑んだ。

（そ、そうだ……神父様は日本語が喋れないことになってたんだった……！）

久々の友人との再会に驚いて、うっかり重要な決め事を失念していた。環は大慌てで圭吾の巨体に飛びつくとその体を左右に揺さぶった。

「け、圭ちゃん！　実は神父様は日本語が不自由で！　今の会話もう一度英語で！」

「あ？　でもお前たち、さっきなんか話し込んでなかったか？」

どうやら鳥居の下で話をしていたところから見られていたらしい。

「そ、それは英語で……！」

「お前英語なんてできたか？」

「ボ……っ、ボディーランゲージで！」

動揺しつつ強引にその場をやり過ごそうとした環だったが、エリオはさすがにごまかし切れないと悟ったらしく、自ら流暢な日本語で自己紹介をした。

「初めまして、真壁エリオと申します。日本語は不自由ではないのですが、今のところそういうことになっております」

エリオの微妙な言い回しに、圭吾は黒々とした眉を上げ下げする。どう考えても不可思議なセリフだったが、そこは海外を飛び回る海千山千なだけあり、すぐさま素知らぬ顔で笑ってエリオに右手を差し出した。

「どうも、肥田圭吾です。カメラ持ってあっちこっち飛び回ってます」

「カメラマンさん、ですか?」

握手の意図に気づいたエリオが手を取ると、「自称ね」と圭吾は苦笑交じりにつけ加えた。先程のエリオの発言については一切余計な質問をしてこない。空気の読める友人に、環は心底感謝する。

「ちなみに、お二人はどういったお知り合いで?」

握手を終えたエリオが、環と圭吾を交互に見て尋ねる。小柄で物静かな神主と、少しも一所に留まっていられそうにない無頼漢めいたカメラマン。それは接点も見えにくいだろうと苦笑して、環は圭吾の横顔を見上げた。

「お互いの家が近所にあったので昔から家同士のおつき合いをしていたのもありますが、彼とは中学校までずっと同じクラスだったので――……」

「えっ?」

環の言葉を遮って、エリオが短く鋭い声を上げる。もう一度、というふうに耳を傾けてくるエリオに、環はどの部分を聞き逃したのかわからず自身の言葉を反芻《はんすう》する。その横で、圭吾がブハッと吹き出した。

「環、多分その神父さん、お前と俺が同級生だってのが信じられねぇんだよ」

え？　と環が怪訝《けげん》な声を上げるのと、えっ！　とエリオが引き攣った声を上げるのは同時で、圭吾は遠慮なくゲラゲラと声を立てて笑った。

「いや、俄かに信じられないのもわかりますよ。俺は下手すりゃ四十近いオッサンにしか見えないだろうし、こいつはまだ学生みたいな顔してるし。でも、正真正銘の同級生です。二人揃って今年で三十」

エリオが驚愕に目を見開く。

思えばエリオは先程も、大学時代を昔のことだと言った環を大袈裟《おおげさ》だと笑ったばかりだ。一体いくつだと思われていたんだろうな、と思っていたら、エリオがまだ驚きから立ち直れない顔で環の顔をまじまじと見詰めてきた。

「……環さん、私より年上だったんですね……」

「え、神父様は、おいくつで……？」

「………二十七です」

本当に大学を出て間もないと思われていたらしい。環は苦笑するしかない。

喉の奥でまだ面白そうに笑っていた圭吾は自分の胸の辺りにある環の肩に腕を回し、グッと自分の方に引き寄せて日に焼けた顔に大きな笑顔を浮かべた。

「俺はしばらくこの神社にお邪魔させてもらうんで、また機会があったらお話ししましょう。よければ一枚写真も撮らせてくださいい。こんな美形滅多にお目にかかれないですから」

小柄な環はあっさりと圭吾に引き寄せられ、草履がズルッと石畳の上を滑る。

親友の手荒な仕草はいつものことなので構わずするに任せていると、ようやく我に返った顔でエリオも居住まいを正した。

「ええ、ぜひ一枚。プロの方に撮っていただけるなんて私も光栄です」

「いや、だから自称なんですけどね？」

環は自分の肩を肘かけ代わりにしている圭吾をそのままにして、エリオが持つ手提げ袋に手を伸ばした。

「神父様、今日は本当にありがとうございました。助かりました」

「いえ、もともとは私にも責任がありますし……」

「ん？　なんだなんだ、なんかあったのか？」

待ちきれず話に入ってこようとする圭吾を「後でね」とやんわり押し止め、環はエリオに深々と頭を下げる。先程エリオに向かってしばらくここにいると言った圭吾だから、何日かは環の自宅に泊まっていくのだろう。説明をする時間なら後でいくらでもある。

　エリオは環に手提げ袋を手渡すと、それでは、と軽く微笑んで踵を返した。そのまま階段を下りていってしまうかと思いきや、珍しく途中でこちらを振り返る。

　エリオの姿が見えなくなるまで見送るつもりだった環は、その視線に応えてもう一度頭を下げた。肩には圭吾の腕を載せたままで。

　エリオはすぐに環たちから視線を逸らしたもの、横顔はギリギリまでこちらに向けたまま階段を下りていった。何やらこの場を立ち去ることに名残惜しさを感じているようなその姿を見送り、環は隣に立つ圭吾に視線を向ける。

（……プロのカメラマンが珍しかったのかな？）

　本人は自称と言っているが、一年の大半を海外で過ごし、膨大な量のネガを手に帰ってくる圭吾は、帰国すると個展のようなものを開いたりもしている。全然売れねぇ、などと言いつつも写真集だって出版していたはずだ。

　神父様も写真に興味があるのかな、と環が思っていると、環より視線が高い分長くエリオの後ろ姿を見送っていた圭吾が、そちらから目を逸らさぬままぽつりと言った。

「本当に、えげつねぇくらい顔立ちの整った神父さんだな」

「えげつないって……それ褒め言葉？」

　クスリと笑って環が尋ねると、当たり前だと圭吾も笑って頷いた。だからその後で口にされた言葉も、環はうっかり笑って聞き流してしまう。

「本当に、綺麗すぎて魔物みたいだわ」

　頷いたものの、そのときにはもう環の頭は、大食漢の圭吾を満足させられるような夕食の献立を考えることで一杯になってしまっていたのだった。


　圭吾の家は環の家から歩いて十分足らずのところにある。聞けば帰国したのは昨日のことで、昨晩は実家に泊まったのだという。だが、実家にはちょうど姉と甥《おい》っ子たちが遊びに来ており、家の中は両親と姉、それから三人の甥で一杯で、まともに眠れる場所もなかったのだそうだ。その上甥っ子たちは下から一歳、三歳、五歳と騒がしく手のかかる時期で、泣き声や突然の奇声の騒々しさに耐えきれず環の家に避難してきたらしい。

　環の両親も圭吾のことは親戚《しんせき》の子同然に可愛《かわい》がっているから、夕食はいつにも増して豪勢になった。今夜は母も夕食作りを手伝ってくれて、食の細い環と違って圭吾はなんでもぺろりと平らげてくれるから作り甲斐がある、と顔を輝かせていたし、酒豪の圭吾と酒を飲むのは楽しいと、父も珍しくビール瓶を何本か空けていた。

　そして夜、客間にちゃぶ台を持ち込んだ圭吾は夕食を散々食べたにもかかわらず、大きなボストンバッグからするめやピーナッツなどのつまみと缶ビールを取り出して環と一緒に酒を飲んでいた。

「ビールなんてわざわざ買ってこなくても、うちにもまだたくさんあるのに」

畳の上で胡坐《あぐら》を組み、缶から直接ビールを飲む圭吾の傍らで、環はコップについだビールをちびちび飲む。五百ミリリットルの缶をあっという間に空にする圭吾は、「そこまでしてもらっちゃ申し訳ねぇだろ」と苦笑して新しい缶の栓を開けた。

日に焼けた圭吾の横顔を眺め、今度はどこを旅してきたのだろうと環は頭の中に世界地図を広げてみる。

「こっちに帰ってくる前はどこにいたんだっけ？」

「ん、トルコ。今回はヨーロッパ中心に回ってたから」

ヨーロッパ、と呟いて環はビールを喉に流し込む。

海外旅行などしたこともなく、ヨーロッパなんて学生時代に地理や歴史で習った知識が微かに残るばかりで具体的なイメージはほとんど湧いてこない環は、どんなところなんだろうな、と重たくなった瞼をゆっくりと上下させる。環はアルコールに弱いので、まだコップ半分も飲んでいないのに頬や目元がすっかり赤い。

そもそもヨーロッパというくくりにはどんな国があっただろうかと、環は頭に広げた世界地図を拡大する。フランスに、スペイン。トルコも入っていたのはなんだか意外だ。ドイツとイギリス。あとは、イタリア。

唇に寄せたコップを止め、あ、と環は小さな声を漏らす。大きな手でピーナッツを一握りにして口に放り込んでいた圭吾が、なんだとばかり眉を上げた。

「あ、あのさ、イタリアって、行った？」

「いや、今回はそっちまでは行ってねぇけど……イタリアでなんかあったか？」

「そうじゃないんだけど……今日会った神父様が、イタリアの出身だっていうから……」

奥歯でバリバリとピーナッツを噛み砕き、エリオの姿を思い出したのか圭吾が頷く。

「あの美形の神父さんな。言われてみれば、そっち系の顔か。でもちょっとアジアの血も混じってないか？」

「そう。よくわかるね」

「マイルドな美形だからな。バターにちょっと醤油垂らしたような」

どんなたとえだと笑いながら、環はもう一口ビールを飲む。慣れないアルコールのせいで上がっていた心拍数が、エリオのことを思い出したらますます速くなった。じわりと額に汗まで浮かんできて、環は手でぱたぱたと顔を扇ぐ。

「お、そろそろ水飲むか？」

環が酒に弱いことを承知している圭吾が腰を上げかけて、環はそれを引き止めるついでにちゃぶ台の上にグッと身を乗り出した。

「あのさ、それよりも……ヨーロッパって、キリスト教の人多いよね……？」

「ああ、そりゃまぁ多いな」

「じゃあ、クリスチャンの人って、どの程度戒律に厳しいもの？」

質問の意図がよくわからなかったのか、圭吾が眉を互い違いにする。さらに胸の前で太い腕を組むと、自分もちゃぶ台の上に顔を突き出した。

「……もう酔ってんのか？」

「そ、そうじゃないんだけど……あの神父様と話してると、ときどき言っちゃいけないことをぺらっと口にしてる気がして……」

何がタブーになるかわからないだけに気をつけようがない、と環が弱り切った顔で訴えると、圭吾も納得したのかちゃぶ台から身を引いた。

「別に口にしただけで殴られるような話題なんてそんなにないだろ」

「そこまでじゃないにしてもさ……他の宗教に対してどの程度寛大なのかもよくわからないし……。実際のところどれくらい厳格なもの？　なんかほら、いろいろあるでしょ？　食事の前のお祈りとか、日曜日の礼拝とか……」

「どれくらいって言われてもなぁ……」

圭吾は太い指で顎を掻いてあらぬ方向へ視線を向ける。環もなんとなく圭吾から目を逸らし、たどたどしく言葉を並べた。

「その……姦淫《かんいん》してはならないって教えもあって、神父様とかは一生独身で過ごしたりするでしょう……？　そういうの、一般の人たちは実践してるのかなぁって……」

本当に訊きたい言葉を隠して喋るものだから、環の言葉は全体的に輪郭が曖昧になる。

いっそのことそのものずばり「キリスト教では同性愛って禁止してるみたいだけど本当にそういう人たちっていないの？　いたとしたらどういう扱い受けるの？」と尋ねたいところだが、さすがにそんな直球を投げる度胸はない。

圭吾は顎に指を添えたまま、姦淫ね、と低く呟いた。

「俺もキリスト教徒じゃねぇからよくわからないけどよ、浮気とか婚前交渉がよろしくないってだけで、別に恋愛とか結婚は罪じゃねぇわな。ただ離婚は難しいかな。結構年いってる人たちの中には、宗派が違う家の人間とは結婚できないって人たちもいるし」

「そ……そうなんだ……」

「人によりけりじゃねぇかなぁ。そりゃ厳しくやってる人は徹底してるぞ。イースターの前はガチで断食する人もいるし」

圭吾の話に耳を傾けながら、エリオはどうなのだろうと思わずにはいられない。

（神父様にも、イースターの前に断食しますか？　って訊いてみようかな……イースターってなんのことだかよくわからないけど……）

環が難しい顔でコップを口に運んでいると、向かいに座る圭吾の顔も少し渋くなった。

「ただ日本人の感覚からいうと、なんつーかこう……本気で聖書の内容を信じてる人が多くて驚くこともある。お前、古事記の内容とか信じてないだろ？」

質問に顔を上げた環は、大学の講義を思い出して目を瞬かせる。

「そりゃ信じないよ。天沼矛《あめのぬぼこ》で日本列島ができたとは思えないもの」

「そりゃそうだよな。でも国によっては、大学卒業してる高学歴者の中にも、ダーウィンの進化論否定してる奴らがいるんだぞ？」

ん？　と環は首を傾げる。大分アルコールが回ってきたせいもあり首が据わらなくなってきた環を見て、圭吾はおかしそうに笑ってつけ足した。

「聖書では万物は神様が造ったってことになってるだろ？　それを信じてるんだよ」

「え…っ…そ、それ、僕たちが古事記の内容を鵜呑《うの》みにしているようなもの……？」

「そう。天沼矛で大地ができて、イザナギとイザナミが次々子供を産んで今の日本ができた」

「だ、大学を卒業したような人たちがそれを信じてるの？」

おう、と圭吾は大きく喉を鳴らしてビールを飲みながら頷く。それを聞いた環はいっぺんに青い顔になって、ほとんど空になったコップごと両手を畳についた。

（そんな……そんなに聖書の内容を信じ込んでるんだったら、同性愛なんて絶対受け入れてもらえるわけない……！）

エリオなど神父にまでなった男だ。自身がそうした邪道に迷い込まないのはもちろんこと、環の想いを知っただけでも手厳しく退けられかねない。

（いや、拒絶されるに決まってる……だってダーウィンの進化論すら受け入れられない人たちなんだから……！）

もちろん敬虔《けいけん》なクリスチャンのすべてがそうであるわけもないのだが、アルコールの回った頭では一般論など考える余地もなく、環は項垂れて指先で畳の目をなぞり始めた。

圭吾はわかりやすく落ち込む環を肴《さかな》にしばらくビールを飲んでいたが、さすがに可哀想《かわいそう》だと思ったのか、腕を伸ばして畳に置かれた環のコップにビールをついだ。

「そうは言っても、キリスト教圏でも同性婚認めてるところもあるし、一概にゃ言えねえって」

トクトクと音を立ててつがれるビールを横目に、そうかな、と環は力なく呟く。その直後、酔った頭でも看過できないことを言われたことに気づいて勢いよく顔を上げた。

「え……、ど…っ…同性婚って……なんで急に……⁉」

まさにその点を訊きたいとは思っていたが、敢えてぼかしたはずなのに。訊きたかったことをズバッと言い当てられ、環は前のめりになっていた体をあたふたと起こす。途中、手にしていたコップへの意識がおろそかになり、畳の上に中身をぶちまけそうになって、横から圭吾にコップを取り上げられた。

「なんでって……お前が気にしてんの、あの神父さんだろ？」

「き、きに、気にしてるって……⁉」

冷静さを装うこともできず蒼白な顔で迫ってくる環に苦笑して、圭吾はコップをテーブル

生
LAGER BEER

に置いた。

「いや、お前とは結構長いつき合いだし、俺も外国でいろんな人間と会ってきてるし。なんとなくだけど、お前そっちの人間なのかなーって思ってたんだけど？」

この話の流れで「そっち」の意味がわからぬほど環も馬鹿ではないが、まさか長年の親友に己の性癖がばれていたとは思わず、すぐには言い繕う言葉も出てこなかった。

環が絶句している間も、圭吾はいつもと変わらぬ態度で酒など飲んでいる。動揺甚だしい環の反応は先の質問を肯定しているようなものなのに、それでも顔色に変化はなかった。

そもそもこの友人に嘘などついたところで貫き通せるはずもない。酔いは少しだけ常識の戒めも緩くして、環は普段の自分からは考えられないほどあっさりとそれを認めた。

「気がついてたのに、よく今まで一緒に遊んでくれたね……？」

「ああ。お前が真顔で迫ってきたら断ろうとは思ってたけどな。そうじゃないなら避ける理由もないだろ」

唐突に親友の度量の広さを思い知らされ、環は眩しいものを見るような目で圭吾の横顔を見詰めた。その視線に気づき、圭吾が首を竦めて肩を上げる。

「なんだよその目は！　普通だろ、そんくらい！」

「ふ……普通かなぁ……？」

そうでもない気がするけれど、と内心思いつつ、環はアルコールで火照った頬を左右から両手で挟んだ。

「……でも、一回会っただけで、よく気がついたね。僕がその……神父様のこと……」

「嫌でもわかるわ。お前、どんな目で神父さんのこと見てるか自覚ねぇのか？」

あるわけがないと環は首を左右に振る。頬に当てた指に力がこもり、知らずに爪を立てていた。

（圭ちゃんにばれてるくらいなら、もしかして神父様にもうばれてるんじゃ——……？）

思い返せば境内で圭吾に声をかけられる直前、エリオはやけに深刻な顔で何か言いかけていなかっただろうか。

環さん、私は。

あの後に続く言葉がなんだったのか俄かに気になって環は目まぐるしく考える。

（環さん、私は貴方と同じような性的嗜好《しこう》は持っていません……環さん、私はそのような目で見られるのは不愉快です……環さん、私は貴方のことなど路傍の石程度にしか思っていません……環さん、私は——……）

次々と浮かぶネガティブな言葉に、アルコールで赤くなっていた環の頬があっという間に白くなる。そんな環を見かねたのか、向かいに座る圭吾が大きな動きで手を振った。

「待て待て、つき合いが長い俺だからわかっただけかもしれねぇよ。ていうか、神父さんの方も多少はその気があるんじゃねぇのか？」

頬に爪を立てて考え事に没頭していた環は、圭吾の言葉に驚いて勢いよく両手を膝に下ろす。結果、ばりっと頬を引っかいて爪痕《つめあと》を残してしまったが、痛みを感じている余裕すらなかった。

「なっ……なんで！」

「なんでって、一緒に手なんて繋いで帰ってきただろうが」

見てたのか、と思ったらカッと頬が赤くなった。一方で、圭吾の言葉に多少期待を寄せてしまった自分が恥ずかしくなる。

環は遅ればせながら階段で転んだことや足をひねったことを圭吾に説明した。さらに時間を遡《さかのぼ》り、エリオと出会ったときの話などを酔いに任せてぽつぽつと語ると、おとなしくビールを飲みながらそれを聞いていた圭吾が感心したような声を上げた。

「つまりあの神父様は、お前が長年思い描いてきて、たびたび夢にまで出てきちまうくらいの理想像そのものだったわけだ。そりゃ運命感じちまうよな」

「う、運命なんて感じてないけど、驚いて――……」

それで夢中になってしまったとはさすがに気恥ずかしくて言えなかったが、圭吾はすべて了解した顔で頷いている。

「しっかし、一目惚れねぇ……。俺はそういう経験ないからよくわかんねぇんだけど、その後実際にあの神父さんと喋ってみて、幻滅とか全然しなかったのか？」

ビールのつがれたコップに視線を注ぎ、うん、と環はしっかり頷く。

見た目で恋に落ちたのだから、中身とのギャップに落胆する可能性は大いにあった。環だってエリオに一目惚れした後しばらくは、実際はどんな人だかわからないのだからと必死で自分にブレーキをかけたものだ。

けれどその後もエリオは雨の中傘を抱えて走ってきてくれて、車椅子を押す環にも傘を差しかけてくれた。階段で転んだ環を抱え上げて境内まで運んでくれたし、今日だって親切にも重い荷物を持って図書館までついてきてくれた。

環が一通り語り終えるのを待ち、圭吾は鼻から大きな息を吐いた。

「善意の塊のような人だな」

「うん……隣人を愛せよを地で行く人だった」

手持ちのビールが底をついたのか、ひっきりなしにバリバリとピーナッツを食べる圭吾は心底感心した様子だ。

「でもそんだけいい人だったら、お前のことも無下に扱わねぇんじゃねぇの？」

指についた塩を舐《な》めながら圭吾は気楽に言うが、それにはさすがに同意しかねて環は顔をしかめる。

「クリスチャンだよ？　しかも神父様だよ？　姦淫も駄目なのに、同性愛なんて死罪だよ」

「いつの時代の話してんだよ。ていうか、そんなにうじうじ悩んでるくらいだったら思い切って玉砕してこい！」

「い…っ…嫌だよ！　玉砕なんて、まだ死にたくないよ！」

酔っているせいでいちいち物の言い方が大袈裟になる環を鼻先で笑い飛ばし、圭吾は太い腕をちゃぶ台について身を乗り出した。

「だったらせめて、駄目元で探りのひとつも入れてみろ！　俺のことダシにしていいから」

「さ、探りって、何を……」

「だから神父さんが同性愛にどの程度理解があるか、確かめてみろって」

えぇぇー、と環は口角を下げて抗議の声を上げる。

声は自分の耳にもまるきり子供のそれのように響き、実際子供の頃は圭吾の隣でこんな顔ばかりしていたと思ったらたちまち記憶が過去に飛んだ。

同じクラスの友達に無視をされた、嫌われた、とめそめそする環の背中を、圭吾はいつも痛いくらい強く叩いて前に押し出したものだ。

『だったら確かめてみろって！　想像してるだけじゃわかんねぇだろ！』

そう言って環の背を押していた圭吾は、狭い教室も狭い人間関係も窮屈だったらしく、長じると日本の外に興味を持つようになった。そして常々環に言っていたのと同じように「やっぱり想像してるだけじゃわかんねぇわ」と言い放って、リュックひとつで海外へ飛んでいってしまったのだった。

　こんなふうに親が寝静まった後、二人でビールなんて飲んで大人になったつもりでいたが、やっていることは当時と変わらないな、と頭の片隅で思っていると、聞いてんのか？　と圭吾が顔を覗き込んできた。環は酒で潤んだ目を圭吾に向け、唇をへの字にする。

「聞いてるけど……やっぱり無理だよ、訊くまでもないし……」

「なぁんで」

「だって同性愛は宗教上の罪だって、許されるものじゃないって言ってたし……」

「そりゃ単なる教義上の話だろ？　神父さん自身がどう思ってるかはわかんねぇよ。実際キリスト教が盛んな地域でも同性婚が認められてる場所もあるんだし」

　えぇ……、と環は難色を示すが、先程より明らかに声のトーンが落ちている。

　こういうときの圭吾は話の内容云々より、迷っている相手を落とすことの方に夢中になる。もう一息だと悟ったのか、圭吾は腕をまくって声を張り上げた。

「だから、俺をダシにしろって！　俺がホモで、ついでにクリスチャンの男に惚れてるって言ってみろ！」

「け……っ、圭ちゃんがホモってことになっちゃうけどいいの⁉」

「構わねぇよ別に！」

　圭吾の大きな手がブンと空を切り、ちゃぶ台の周囲を回って環の背中を強く叩いた。

「いいからやってみろって！」

勢いよく背中を叩かれ視界がぶれる。手にしていたコップからビールが飛び散って、また記憶が過去に引き戻された。大きな跳び箱の前や高い鉄棒の前で立ち竦む環の背を、圭吾は力一杯叩いて前に押し出したものだ。

『やってみろって！』

目の前の圭吾だけでなく記憶の中の幼い圭吾にまで発破をかけられた気分になって、環は勢い頷いた。

「わ、わかった、訊いてみる！」

多分に酔って気が大きくなっていたせいもあっただろう。力強く宣言した環を見て、ようやく圭吾も満足げに大きな唇を左右に引き伸ばしたのだった。

翌朝、環は青白い顔で社務所の丸椅子に座っていた。顔は白いが、体の中はなんとなく熱っぽい。そして胃がむかむかする。明らかに二日酔いだった。

缶ビール一本も飲んでいないはずなのに二日酔いとは情けない。夕食時に父とビール瓶を何本も空け、その後五百ミリリットルの缶をすいすいと空にしていた圭吾は至って元気で、朝から白飯を三杯も食べていたというのに。

食欲がないせいもあって早々に朝食を切り上げると、環は圭吾の顔を見るのもそこそこに境内へ出てきてしまった。一晩経って冷静に考えてみると、友人に自分の性癖や片想いの相手についてべらべら喋ってしまったことが今更恥ずかしく感じられたからだ。

（昨日は大見得切って探りを入れるなんて言っちゃったけど、実際できるわけないし……）

そもそも次にエリオに会えるのがいつになるかもわからない。昨日のように車道へ下りる階段を歩いていればまた駆けつけてくれるかもしれないがそれも申し訳なく、足が治るまでよほどの理由がない限りあの階段は下りないと環は心に決めてしまっている。

（案外圭ちゃんが帰るまで一度も会わないかもしれないな……）

圭吾だって一ヶ月も二ヶ月もここにいるつもりはないだろう。あと二、三日もしたら実家へ戻るだろうし、そうなったらもうエリオのこともしつこく訊いてこないに違いない。

日が高くなるにつれて二日酔いも和らいできて、環は青く晴れ渡った空を見上げる。三月も残すところあと二日。上空を吹き渡る風も心なしか温《ぬる》んできたようだ。

社務所の窓から身を乗り出して拝殿に目をやると、拝殿の左隣に植えられた桜の枝の先もわずかに膨らんできているのが見えた。

（そういえば式場のオープンは四月だっけ。今頃スタッフの人たちも忙しくしてるんだろうな……）

エリオだって何かと作業があっただろうに、昨日は自分の用事につき合わせてしまい悪いことをした。足が治ったら今度こそ菓子折りのお礼を、と考え環は眉間に皺を寄せた。

（でも前回あんなに煮物を喜んでくれたし、またおかずみたいなもののお裾分けの方が……。あー……でもお世辞って可能性もあるからなぁ）

無難に菓子折りか、と真顔で考え込んでいたら、周囲の木々がざわりと揺れた。

石畳の上を、鳥居に向かって木の葉が流れていく。ゆるゆると風に乗り、宙でくるりと円を描くその動きは環の視線を風の吹く方向へ促しているようで、誘われるまま環は境内の入口に立つ鳥居に目を向けた。

朱色の鳥居は春先の弱い日差しを受け、古色蒼然《こしょくそうぜん》とした趣で参拝にくる人々を迎え入れる。

見慣れたその景色の中に黒いキャソックを着たエリオを見つけ、環は両目を見開いた。

次はいつ会えるかわからないと思っていたエリオがいきなり目の前に現れただけでも驚いたのに、エリオは鳥居の手前で立ち止まり、その場で深く頭を下げていた。

まるで昨日の環の行動をなぞっているかのような姿に、環はがたりと音を立てて椅子から立つ。神父なのにそこで頭を下げてしまっていいのかと、他人事ながら心配になった。

きっちりと背筋を伸ばした美しい所作で一礼をしたエリオは、社務所からこちらを見ている環に気づくと、整った顔に華やかな笑みを浮かべて会釈をした。

環もそれに倣ってぎくしゃくと頭を下げる。環がもたもたしている間に歩幅の広いエリオは社務所の前までやってきて、中にいる環と向き合う格好で足を止めた。

「こんにちは、環さん」

　はい、と言ったきり環は二の句がつげない。挨拶もままならない環の様子を見て、どうしました、とエリオは不思議そうな顔をした。

「い、いえ、今……鳥居の前で頭を下げていらっしゃったので……」

「はい。昨日環さんから教わったので」

「いいんですか……？　信仰している神様以外の神様に頭を下げて……」

　キョトンとした顔で環の顔を見ていたエリオは、環が何に動揺しているのか悟るとたちまち白い歯を見せておかしそうに笑った。

「構いませんよ。言ったじゃありませんか、そこまで厳格にはしていません」

「でも、今までは拝殿の前で頭を下げていなかったので……」

　エリオが軽く眉を上げる。拝殿の前に立つ姿を見られていたとは思っていなかったようだ。エリオはちらりと拝殿に視線を向けると、そうですね、と穏やかな笑みを浮かべた。

「信仰の対象として頭を下げることはできませんが、よそのお家に入るときに入口でご挨拶をしないのは、やはり失礼ですから」

「あ、お、お心遣いありがとうございます」

　神主として、環は深々と頭を下げる。境内を吹き渡る風は柔らかく、頰に笑みの余韻を残すエリオの表情も同じく打ち解けて見えた。

(……昨日圭ちゃんに言われたこと、訊いてみようかな……)

この雰囲気ならいけるかもしれない。そう思い口を開いてみたものの、やはりいきなり「同性愛ってどう思いますか」と切り出すのは不自然だ。何か自然な会話の流れで訊いてみようと、環はまず当たり障りのない話題から始めることにした。

「あの、ところで今日は、どういったご用件で……?」

来訪の目的が参拝でないことは明白だ。よもやおみくじを引きにきたとも思えない。

エリオは口を噤むと一直線に環を見る。わからないかと問うような顔を見て一応は環も考えるが、真正面からエリオに見詰められると思考は横滑りしていく一方で、結局力なく首を横に振った。

エリオは別段環を困らせるつもりもないらしく、すぐに笑って答えを教えてくれる。だがそれは、環のまともな思考力をもってしても思いつかなかったものだ。

「環さんの足の具合をお見舞いにきたんです」

気構えを感じさせないさらりとした口調に、環も同じく自然体で頷く。頷いてからあれっと思ったが、それでも余計な口は挟まなかった。とっさに冗談だと思ったからだ。

けれどエリオはそう言ったきり、静かに笑って口を開こうとしない。

一秒、二秒、三秒過ぎてその言葉が冗談でないことを悟り、環はギョッとして社務所の窓から身を乗り出した。

「本当にそれだけの理由でこちらにいらしたんですか⁉」

「はい。その後足のお加減はいかがでしょう。痛みませんか？」

驚きすぎて環の返答が一拍遅れる。とりあえず頷いてみたものの、本当にそれだけなのかと探るような目でエリオを見てしまうのは止められない。

そんな環の視線を受け止め、エリオは胸にかけたロザリオの上に大きな手を重ねた。

「環さんのことですから、階段を下りようとすると私が飛んでくると思って外出を控えているのではないかと思いまして。それでは本末転倒なので、私の方から外出の予定はないか伺いに参りました」

環の口からは、はぁ、と気の抜けた声しか出ない。昨晩酒の席でエリオを許し、善意の塊、と言った圭吾の言葉が蘇る。

もっともだと思ったらしばらく口も利けなかった。そうして呆然とエリオを見上げていた環だったが、エリオが生真面目に答えを待っていることに気づき、慌てて声を上げる。

「いえ！　外出の予定はありません、大丈夫です！」

「本当ですか？　気を遣っているわけではなく？」

「本当です！　それよりあの、式場のオープンも近いのに、こんなことでわざわざ神父様に出向いていただくのは申し訳なく……！」

「いいえ、それこそ気にしなくても大丈夫ですよ」

でも、と環はエリオの顔を窺い見る。

「今週の土曜日、式場で初めて挙式が行われるんですよね？」

「それは……そうですが、よくご存じですね」

さすがに驚いた顔をするエリオに、環は先日この神社を訪れたカップルの話をした。興味深げに耳を傾けていたエリオは、思いがけないことを聞いたとばかり破顔する。

「そうですか、この神社が縁を取り持ってくれたんですね」

教会で式を挙げるくせに神社で縁結びの御祈願をするなんて、と憤慨されるかと思いきや、話を聞いたエリオは気にした様子もなく笑っている。本人が言う通り日本人が宗派にこだわらないことをエリオもまた気に留めていないらしい。

「ちなみに、クリスチャンでない人たちも教会で式を挙げられるものなんですか？」

神社に立ち寄ったカップルは参拝に慣れていて、一見クリスチャンには見えなかった。そんな環の懸念を察したのか、エリオは笑みを浮かべて頷いた。

「カトリックの場合は事前に準備が必要ですが、我々はプロテスタントなので問題ありません」

じゃあ神父様じゃなくて牧師様って呼ぶのが正解だったんだ、と思いながら環は相槌を打つ。もしかすると今までも神父様と呼ばれるたび内心苦笑していたのかもしれないと思うと何やら気恥ずかしい。

そんな環の思いをよそに、エリオは神父然とした言葉を並べる。

「これもキリストの教えを伝える活動の一環ですし、結婚式を通して人生の門出を迎える皆さんを祝福できるのは幸いなことです」

なんだか教会で説法を聞いているような、後光が射してきそうなくらいありがたい言葉だ。うっかり頭を垂れそうになった環に、エリオは柔らかな口調で言った。

「環さんと一緒ですよ。この前サヨさんにも言っていたでしょう？　この先の人生にたくさんいいことが続くように、ただ祈ってあげたいんです。どんな宗派の人でも変わりなく」

先日商店街で自分が何気なく口にした言葉を繰り返され、環は顔を赤らめる。それと同時に、この人なら、という気持ちも湧いてきて着物の裾を握り締めた。

宗派にこだわることなく誰かの幸福を祈りたいと笑うこの人ならば、嗜好の違いも受け入れてくれるかもしれない。雨の中傘を持って駆けつけてくれた姿や、煮物の礼を言えぬまま帰るのは忍びないとおみくじを引いていったエリオの姿に背中を押され、環は思い切って口を開いた。

「あの、神父様は……同性愛の方をどう思われますか！」

できるだけさらりと訊こうと思っていたのに、今だ！　と思ったらうっかり声に力がこもってしまった。

急に勢い込んで妙なことを尋ねてきた環に、エリオは虚を衝《つ》かれたような顔をする。耳から飛び込んできた言葉の意味を精査するように視線を斜め上にゆるゆると持ち上げるエリオを見た途端、環の全身を後悔の二文字が貫いた。

「い――……っ……いえ！　深く考えないでください！　ただっ……せ、先日、うちの神社にそういった方が見えて、その……き、挙式は可能かと！」

口に出した質問を引っ込めようにも引っ込めきれず、とっとと話を切り上げようと口から出まかせをまくし立てる。だがそれは、逆にエリオの興味を引いてしまったらしい。

「挙式、ですか。同性間で？　男性のカップルですか？　それとも女性の？」

ひっ、と環は喉を鳴らす。まさか食いついてくるとは思わなかった。だからといって今更出まかせだとも言えず、嘘の上塗りをせざるを得ない。

「だ、男性同士、です……ただ、うちの神社では対応しきれなかったものですから……」

「そうでしょうね。うちの教会でも難しいと思います」

応じるエリオはどこまでも真剣だ。根も葉もない話をしている環は良心の呵責《かしゃく》に身悶えつつ、なんとか軌道修正を試みる。

「その、そういった方々に、一体どのような対応をするべきだったのだろうかと思いまして。それで、神父様ならどうされたかと……」

思わぬ質問だったのか、エリオがヘーゼルの瞳を丸くする。目を瞬かせるとその奥に緑の光が閃《ひらめ》いて、エリオは思案顔で首を傾げてしまった。

「私ならどうするか、ですか……」

「その、厳格なキリスト教の神父様なら、どうしただろうかと思いまして」

エリオは環の言葉を口の中で繰り返し、唇に指先を当てて考え込む。何気ない仕草も一幅《いっぷく》の絵のように様になっていて、真顔で黙考するエリオに環は目を奪われた。

しばらくして口元から指を離すと、エリオは真っ直ぐ背を伸ばして環と向き合った。

「同性愛は宗教上の罪に値します。教義的にも到底受け入れられるものではありませんので、思い直すよう説得します」

受け入れられない、という一言で、エリオに見惚れていた環の背筋が凍りつく。それきりしおしおと引き下がりそうになったものの、丸めた背中に固い感触が蘇り、すんでのところで思い留まった。

「あの……教義上の話ではなく、神父様個人はどうお考えですか……？」

昨夜《ゆうべ》圭吾が、エリオ本人の考えを訊いてみろと環の背中を叩いた衝撃を思い出し、環は怯む心を励まして一心にエリオを見上げる。

「確かに同性愛は宗教上の罪になるのかもしれませんが、神父様自身はどうでしょう。やっぱり、受け入れがたいと思われますか？」

一途《いちず》なくらい真っ直ぐ自分を見上げてくる環の視線を受け止め、エリオが唇を閉ざす。真剣であるがゆえに表情が飛んだその顔からは、心中でエリオが何を思っているのか推し量ることが難しい。かつてない緊張感に晒されつつ環がじっと次の言葉を待っていると、ようやくエリオが重々しく口を開いた。

「そうですね……私個人としても、許せるものではありません」

いつもより少し低いその声を耳にした途端、環の足元がぐらりと傾いた。

大地にぱっくりと口を開けた地割れにうっかり足を呑まれた気分だった。恐る恐る足元を見下ろすが、草履を履いた二つの足はしっかりとコンクリートの床を踏んでいて、穴など開いているわけもない。

環はゆっくりとエリオに視線を戻す。本当はこのまま引き下がってしまいたかったが、こんな質問二度はできないだろうと思い直し、半ば無理やり口を開く。

「許せない、というのは……」

「邪《よこしま》な思いに惑わされている人を放っておくわけにはいけません。私が神父でなかったとしても、正しい道を教え説くでしょう」

環の震える声にも気づかないのか、エリオはいつになく淀《よど》みなく答える。

環は腹の前で強く自分の手を握り締め、わずかに顔を俯けた。

「正しくない、んですね。やっぱり……」

「もちろんです。自然の摂理にも反しています。そのように心惑わされるのは魂が穢《けが》れている証拠です。神父として穢れを祓《はら》うのは当然のことですから」

青ざめた環の頰に、伸びた前髪がさらりと落ちる。

エリオの声は決然として、言葉にも一切の迷いがない。これがエリオの本心かと思ったら、もうその顔を直視することもできなかった。

(穢れ……か……)

男同士である以上、この恋はエリオにとって正しくないし、汚れている。自分の想いも、そんなことは端からわかっていて、期待など少しもしていなかったつもりなのに、こうしてエリオに受け入れられることはこの先一生ないだろう。

て厳しい本音を突きつけられると、うっかり顔を上げられなくなる。目の端にじわりとにじんでしまうものを堪えられない。

そんな環の態度に気づいたのか、エリオが語調を緩めた。

「環さん？　どう……しました？」

環は大きく首を横に振るが声も出ない。いい年をして本気で泣きそうになっている自分にうろたえ、上手く声の震えを抑えられる自信すらなかった。

(こ、こんなことで泣くなんて……恥の上塗りだ……)

焦れば焦るほど視界は濁り、目の周りも赤くなっていく。顔を見られたら最後、自分の想いなどエリオにすべて伝わってしまうに違いない。

どうにかこの場を切り抜けなければと環が額に冷や汗を浮かべていると、救いの手は意外な場所から差し伸べられた。

「お、神父様。いらしてたんですか」

社務所の斜め裏、自宅に続く建物から響いてきたのは環の父の声だ。声につられてエリオの視線がそちらに流れるのを感じ、環は目元ににじんだ涙を素早く着物の袖口で拭った。

「いやぁ、先日は傘を貸していただいてどうも。本当に助かりました」

例の一件以来すっかりエリオに心を開いている父は上機嫌でエリオの元までやってくると、環とエリオの間に漂う緊迫した空気などまったく無視して明るい声を上げた。

「そうだ、今夜はおでんなんです、昨日からたっぷり仕込んでまして。神父様、おでんはご存知ですか？　あー、ドゥユーノゥ、オデン？」

まだエリオが日本語を話せないと信じている父が独特のイントネーションでエリオに尋ねる。エリオもそれに応え、あくまで日本語を解さない体でゆっくりと頷いた。

「でしたら少し持っていってください。ザッツ、ジャパニーズ………環、日本の伝統食って英語でなんて言うんだ……？」

横からこそっと父に耳打ちされ、自分も少し前までこんな調子でエリオに話しかけていたのかと思ったら顔から火を噴きそうになった。いよいよこの場にいることがいたたまれなくなり、環は社務所の中で踵を返す。

「神父様におでん持っていってもらうなら、何か器に入れて持ってくる」

大股で社務所を横切り、大きく体を動かしながら口にした言葉は多少震えていても不自然に聞こえなかっただろう。環は一目散に自宅へ戻ると台所へと飛び込んだ。

台所には昼食の支度をする母の姿があった。環はその傍らで猛然と大きな保存容器におでんの具を詰め込み、それを母親に突き出して頭を下げる。

「母さん、これ、外で神父様が待ってるから持っていってあげて！」

「えぇ？　貴方が行けばいいじゃない、こっちはお昼の支度で……」

「そっちは代わりに僕がやっておくから！」

膝に額がつくほど深く頭を下げる環を見て母も何か尋常でないものを感じたらしい。容器を受け取ると、昼食の支度はいいから奥で少し休むよう言い残して台所を出ていった。

母のいなくなった台所には、うっすらと甘いだしの匂いが漂っていた。まな板の上には薄切りにした玉ねぎと塊のままの鶏肉、それから卵が四つ置かれていて、今日の昼食は親子丼か、とぼんやり環は考える。まな板の前に立ち昼食の続きを作ろうかとも思ったが、きっと今の自分が親子丼なんて作ったら、鶏肉に絡む卵はガチガチに固まってしまうだろう。環は包丁に伸ばしかけた手をそっと引き、力ない足取りで奥の部屋へと引っ込んだ。

しんとした廊下を歩いて自室に戻ろうとした環だが、昨日から圭吾が泊まっている客間の前を通り過ぎようとして、自然と足が止まった。

俯いてしばし黙り込んでから襖を叩く。すぐに中から返事があって、環はするすると襖を開けて客間に足を踏み入れた。

　廊下に背を向けて胡坐を組んでいた圭吾は旅先で撮った写真の整理をしていたらしい。分厚いスナップ写真のようなものから顔を上げて振り返ると、生気を失った顔で部屋の隅にぼんやりと立つ環に気づいて、真昼の幽霊にでも遭遇したような顔で肩を跳ね上げた。

「うぉわっ！　た、環か！　なんだよ急に！」

　大きな体に似合わず心霊ものが苦手な圭吾は半分腰を浮かせて声を張り上げたが、顔を伏せたきり動かない環に気づくと表情を改めた。

「……どうした。なんかあったか？」

　俯いていても、圭吾が大きな体をこちらに向けて座り直す気配がわかった。腰を据えて話を聞こうとしてくれているその態度だけで、引っ込んだと思った涙がまたにじみ出てくる。

　顔を上げたときにはもう視界が水没していて、環は力なくその場に膝をつくと今しがた境内でエリオと話した内容を洗いざらい圭吾に打ち明けていた。

　涙はこぼさないまでも鼻にかかった声とぼんやり潤む環の目を見ただけで大体の事情を察したらしい圭吾は、それでも感極まって要領を得ない環の言葉を遮らなかった。

　粗方の話を終え、最後に環は打ちひしがれた声で呟く。

「絶対変な人だと思われた……。変なこと訊いて、変な態度とって、もう絶対、僕自身がホモなんじゃないかって疑われた気がする……」

このときばかりはさすがの圭吾も「だったら確かめてみろよ！」と環の背中を叩くことはせず、神妙な顔で深い溜息をついただけだった。それからしばらく黙り込み、結論は出たとばかりさばさばとした口調で言った。

「結構敬虔な神父さんだな。そりゃ望み薄いわ」

端から慰めるつもりなどなさそうな言い草に環はぐぅっと喉を鳴らす。思わず涙目を見開いて圭吾を見上げると、よほど雨の中に打ち棄《す》てられた子犬のような顔でもしていたのか、圭吾が片腕を伸ばして手荒に環の頭を撫でてきた。

「趣味が合わねぇもんはしょうがねぇだろ。むしろ早い段階で相手の嗜好がわかってよかったじゃねぇか」

「そん、そんな、簡単に…っ…」

圭吾が大きな手で頭を摑んで、撫でるというよりは前後左右に揺さぶってくるものだから、抗議の声も切れ切れになってしまって迫力がない。最後に突き放すように環の頭を後ろに押すと、圭吾は傷心間もない友人を相手にしているとは思えないくらい平素の口調で言った。

「傷が浅いうちに諦めとけ。期待する時間が長くなるほど後が辛《つら》いぞ」

随分あっさりしたものだ、とは思ったが、実際反論の余地がない。

環はもそもそとその場に座り直すと、正座をした膝の上に両手を置いてそこに視線を落とした。

諦めろ、と言われても、胸に燻《くすぶ》る恋心をすぐさま消すことなどできそうもない。それどころか今だって、エリオの顔を思い出すと心臓が騒ぎ出す。この気持を魂の穢れと言い切った相手なのに、幻滅するどころか嫌いになることすらできない。

ただ、自分の気持ちを根底から否定されたことが悲しく、淋しいだけだ。

（でも、あの人がそういうふうに思って生きている人なら………仕方ない）

端から文化も嗜好も宗教も違う他人だ。環の抱える想いをエリオが許しがたいと思うのなら、自分は一生この気持ちを外に出さぬよう努めるしかない。

それは圭吾の言う諦めとは違うのかもしれないが、環は重ねた自分の手を見て、うん、と頷いた。

悄然と肩を落として素直に頷く環を見てさすがに気の毒だと思ったのか、圭吾はガリガリと乱暴に後ろ頭を掻くと、しょぼくれた空気を吹き飛ばすかのように思いきり腕を振って環の背中を強く叩いた。

「まぁ世の中に男はあの神父さんだけじゃねぇって！　今夜はおごってやるから、パーッと騒いで忘れちまえ！」

圭吾の剛腕に環の細身は堪えきれず、勢い余って畳に顔から突っ込みそうになり、慌てて両手を前についた。

もう指先一本動かす力も失せたと思っていたのに、その気になれば両手をついて体を支えられる自分に、まだ大丈夫だ、と環は笑う。

一粒だけ畳に落ちた涙を圭吾が見逃してくれたことが、今は何よりありがたかった。


おごる、と言った言葉を圭吾は違えず、だからといって昨晩のうちから大量に煮込まれていたおでんを放り出して家を出るということもせず、きっちり自宅で夕食を終えてから環を夜の街に連れ出した。

夜の街、といってても連れてこられたのは駅前の居酒屋だ。五人も座れば一杯になるカウンター席と、四人掛けのテーブル席が三つ。端の丸まった手書きのメニューが壁に貼られたその店は、環が物心ついたときから駅前にあったものの、実際来店するのは初めてだった。

店は圭吾の行きつけらしく、カウンターの奥に立つ割烹着を着た女将《おかみ》が「いつ帰ってきたのよ」と圭吾に軽い調子で声をかけてきた。さらにテーブル席で飲み始めるとすぐ、後から入ってきた常連らしき女性陣が圭吾を見つけ、わっと環たちのテーブルに寄ってきた。

阿波踊《あわおど》りサークルのメンバーだという女性たちと圭吾は、以前町内会の祭りで圭吾が彼女たちの写真を撮ってからのつき合いらしい。そんな話を聞いているうちに、あれよあれよという間に環たちは五名の女性たちと一緒に飲むことになってしまった。

「たまにはお前も女と話してみろよ」と小声で圭吾に勧められ、環も慣れない酒を飲みながら会話に参加してみたが、気がつけば女性たちの愚痴や悩みに真摯に耳を傾ける役でさらりと女子トークに混じっており「お前は本当に恋愛方面に向いてないな」と圭吾に呆れられてしまった。

結局圭吾とは三時間ほど居酒屋にいたが、その間環が空けたのはジョッキ一杯のビールだけだった。三時間でそれだけ、と思われるかもしれないが、環にとっては大記録だ。店の暖簾《のれん》をくぐったときは、ほとんど自力で歩くことができなかったほどである。

「まぁったく、女五人の人生相談に片っ端から乗ってやるなんて、とてもじゃねぇけど真似できねぇよ」

環に肩を貸して歩く圭吾は、浴びるように酒を飲んだ直後とは思えないほど素面《しらふ》の顔でぶつくさ言っている。環はその肩に体重を預け、回らない舌で謝罪のようなものを呟いてみるが、自分でも何を言っているのかよくわからなかった。

圭吾に引きずられるようにしてシャッターの下りた商店街を歩き、ようやく神社の前までやってきたときも、環は首を上げることさえ覚束ない状況のままだった。そんな環の腕を肩に潜らせ、圭吾が深々とした溜息をつく。

「さすがにその千鳥足で階段上らせるのは危ねぇなぁ……おい環、背中貸してやるから乗れ。それくらいできるだろ」

環の腕を肩にかけたまま圭吾がその場にしゃがみ込む。支えを失った環の体はずるずると圭吾の背中に凭《もた》れかかって、よし、と圭吾が頷いた。

「そのままちゃんと摑まってろよ。いくぞー」

かけ声とともにふわりと体が宙に浮く。火照った頰に冷たい夜風が当たって、環は小さな笑い声を漏らした。なんだかとんでもなく気分がいい。

「明日が地獄だぞ」

環を背負い直した圭吾が苦笑して階段に足をかける。不規則な揺れに眠気を誘われ、環はとろりと瞼を閉じかける。それと前後して、誰かが圭吾を呼び止めた。

「あの……ひとりで大丈夫ですか？」

その声を聞いた瞬間、下がりかけていた環の瞼がカッと開いた。圭吾の肩に垂らしていた両腕に力がこもり、頭が上がる。だがそれより早く圭吾が背後を振り返り、遠心力で体が宙に放り出されそうになって、とっさに圭吾の首にしがみついた。

「ああ、神父様。こんばんは」

圭吾の背中から声が振動になって伝わってくる。言われるまでもなく気づいていた。闇の向こうから響いてきたのは、エリオの声だ。

いっぺんに眠気が遠ざかって、環はますます強く圭吾の首に腕を回す。

昨日までの環なら、エリオが近くにいるとわかれば一目でもその顔を見ようとすぐさま首を伸ばしただろうが、今日はとてもそんな気になれなかった。

エリオのことが嫌いになったわけでは決してない。むしろ今なお焦がれるようにエリオを想っているからこそ、相手が絶対に自分を振り返ってくれないことがわかって辛い。わかっていてもなお、その顔を見たら胸をときめかせてしまう自分が悲しい。

圭吾は昼間の環たちのやり取りを知りつつ、素知らぬ顔でエリオと世間話などしている。

「神父様はこんな遅い時間までお仕事ですか？」

「ええ、挙式が近いものですから、スタッフ一同なかなか帰れません」

ところで、と話題を変えたエリオの声がこちらに近づいた気がして、環は身を固くする。失恋が確定したばかりで、しかも酔い潰れている今の自分に表情を取り繕える自信は微塵《みじん》もなく、環は圭吾の肩口にギュッと額を押しつける。圭吾も環がエリオと顔を合せづらく思っていることをわかっているので、自然な動作で体を後ろに引いた。

「こいつですか？　居酒屋に連れていったらちょっと飲みすぎたみたいで」

「そうですか……運ぶの、お手伝いしましょうか？」

「いえいえ、大丈夫ですよ。こいつ軽いんで」

よっ、と軽いかけ声とともに圭吾が環を背負い直す。じゃあ、とそのまま立ち去りかけた圭吾だったが、ふと足を止めるとエリオを振り返って静かな口調で告げた。

「神父さん……昨日こいつ、同性愛がどうのとか妙なこと言ったかもしれないですけど、気にしないでやってくれますか。俺が訊いてくれって頼んだんで」

思いがけない発言に驚いたのは、背中に背負われた環だけでなくエリオも一緒だったらしい。理由を問うように沈黙したエリオに、圭吾はためらいもなく言ってのけた。

「ここの神社で結婚式挙げられないかって言い出したゲイカップルの片割れ、俺です」

圭吾の背中で環は鋭く息を呑む。自分のことをダシにしていいとは言っていたが、まさかこんなふうに庇《かば》ってくれるとは夢にも思わなかった。

そんな嘘などつかせたくなくてわずかに顔を上げた環は、圭吾の肩越しに見てしまう。

車道に並ぶ外灯に照らし出されたエリオが、わずかに体を後ろに引いたのを。

ゲイ宣言をした圭吾を遠ざけるようなその動作を見て、プラスチックの板を割るように環の胸がぱきりと心許ない音を立てて折れた。

(――……ああ、駄目なんだ)

この恋に望みはないとわかってはいたけれど、本当にどうにもならない溝のようなものが自分とエリオの間にはあるのだと、改めて思い知らされた気分だった。つい先日は圭吾と親しげに言葉を交わしていたエリオなのに、同性愛者だとわかった途端身を引いてしまうくらい、これはエリオにとって受け入れがたいものなのだ。

最早《もはや》顔を上げている気力もなく、環はゆっくりと圭吾の肩に横顔を押しつける。

環の体が弛緩したことに気づいたのか、今度こそ圭吾は短く挨拶を告げエリオに背を向けた。エリオもそれに何事か返したようだが、環の耳にはもうほとんど何も入ってこない。

幅の狭い階段を、圭吾は足元を確かめるようにして一歩一歩上がっていく。

直前に見たエリオの仕草を追い払うように環は深く目を閉じ、意識して長い息を吐いた。

圭吾が階段を上り切る前に、目の端からこぼれ落ちる涙をなんとしてでも止めなければと、強く自分に言い聞かせながら。


肉体的なダメージより精神的なダメージの方が尾を引くらしいということを、環は生まれて初めて身をもって知った。

圭吾に連れられ居酒屋に行った後、三日ほど環は寝込んだ。翌日は二日酔いで、立ち上がると吐き気に襲われ布団から出ることもできなかったのだ。

その翌日も頭痛と微熱は残り、三日目にやっと症状は和らいだが、なんとなく体に力が入らず一日ぼんやりと自室の天井を見て過ごした。

極力何も考えまいと天井の木目を視線で辿っていても、何かの弾みにエリオの顔が思い浮かぶ。顔を思い出すだけなら罪にもならないかと、これまで自分に向けられた笑顔や弱り顔など思い返していると、今度は声が蘇る。環さん、と低く柔らかな声で呼ばれた自分の名は、なんだか慣れ親しんだそれとは別物のように耳に響いたものだ。

そんなことを思う頃には目の端に薄く涙が浮かんでいて、ああ、会いたいんだな、と片手で目元を覆うことの繰り返しだった。

環は子供の頃から聞き分けがよく、何かを諦めるのは得意な方だと自負もしていた。それなのに、エリオのことは忘れようと努めても上手くいかない。考えまいと自分を戒めているときはいいが、ふっと気を抜くとするりと意識に忍び込む。こんなことは初めてだった。

四日目の朝、ようやく環は布団を畳んで部屋を出た。

圭吾は環に酒を飲ませたことに責任を感じていたらしく、環が寝込んでいる間、神社の仕事で忙しい両親に代わり環の面倒を見てくれた。意外と器用に料理も作ってくれて、むしろ両親は圭吾に感謝していたくらいだ。

ようやく神主装束に着替えた環が、酒のこともエリオのことも口にせず笑って圭吾に朝の挨拶をすると、圭吾は一瞬痛ましそうな顔をしたものの余計なことは言わず、「俺もそろそろ実家に帰るかな」と小さく笑って呟いただけだった。

いつものように父と朝のお勤めを済ませて朝食を食べ、境内の隅々までほうきをかけた環は、社務所の椅子に座ってぼんやりと参拝客がやってくるのを待つ。

平日なので人の出入りは少ない。お守りの在庫チェックなどもしてみるがすぐに終わってしまい、手持ち無沙汰《ぶさた》なまま時間が過ぎていく。

午後になっても参拝客はほとんどなく、環は社務所の窓からざわざわと揺れる木の枝を眺めた。少し寝込んでいる間に落葉の数が減ったようだ。休む暇もないくらい葉が落ちてくれた方が余計なことを考えなくて済むのだけれどと、数日前とは逆のことを考える。手が空くと、どうしてもエリオのことを考えてしまっていけない。

木々の間から射し込む光はすでに夕焼けの色を帯び、一日はあっという間に過ぎていく。気を抜くと、境内で見たエリオの声や仕草を何度も思い出した。だが以前のように胸が弾むことはなく、ひどく虚《うつ》ろな心境だ。体の芯が凍りついたようにしんと冷え、足元のヒーターに爪先を向けていても熱が伝わってこない。

まるで自分の体が薄い紗《しゃ》で包まれているようで、色や匂いや温度がいつもより遠い。何か重要な感覚器官を奪われた気分だ。

これが失恋か、と環は思う。なるほど歌や小説で題材に使われるだけのことはある。目の前の風景がガラリと変わり、肌で感じるすべてがぼんやりとして曖昧だ。直前までの恋をしていた華やぎとの落差に、体も心もついていかない。劇的な変化だ、と思いつつ、そんなことを考える自分の意識すらどこか遠い。

呆けた顔で境内を眺めていたら目の端で何かが動き、環は反射的にそちらを向いた。目の前を横切る参道の左に視線を滑らせれば、そこには大きな鳥居が建っている。

鳥居の下には黒い服を着た男が立っていた。拝殿に向かって深く頭を下げたその人物が顔を上げた瞬間、環の心臓が大きく動く。これまでのように跳ね上がるのではなく、大きな石を動かしたときのように、ゴトリと重い手応えで。

鳥居の真下で顔を上げたのは、エリオだ。エリオは頭を下げる前からずっと社務所を見ていたらしく、一直線に環を見詰めてこちらに歩いてくる。

神社を囲む木々がザァッと風に煽られ、ふいに辺りが暗くなった。いつの間にか頭上に広がっていた雲に日差しが遮られ、吹きつける風が湿り気を帯びて冷たくなる。

エリオは急速に暗くなった境内を早足に歩き環の元までやってくると、あの、と言ったきり硬い表情で口を閉ざした。それを環は、テレビでも見るような現実味のない思いで見詰めて続きを待った。難しい顔で言葉を探すエリオを見て、なんだかついこの前までとは立場が逆転している、と思いながら。

「あの……ここのところ、社務所に出ていなかったようですが……何が？」

ようやく声を出したエリオに深刻な顔で尋ねられ、環はぱちりと目を瞬かせる。

「ああ、その……少し体調を崩しまして。神父様、何度かこちらにいらしたんですか？」

「はい、環さんの様子が気になって……。でも社務所にはいつもお父様かお母様しかいらっしゃらなかったので理由も訊けず……」

言われてみれば最後にこの場所でエリオと言葉を交わしたとき、自分の様子は明らかにおかしかった。それは気にもなるだろうと、環は微苦笑を漏らす。

わずかながら環が笑みを見せたことにホッとしたのか、エリオはいくばくか肩の強張りを解くと、再び表情を改めた。

「あの……先日のことですが……。同性愛のことについて……」

「あ……その節は不躾な質問をして、失礼しました」

まだ世界と自分の間に薄い膜がかかったようで、うろたえることもなく環が静かに頭を下げると、むしろエリオの方が慌てた様子で首を左右に振った。

「いえ、私こそ無神経なことを言いました。まさか貴方のご友人のことだったとは……すみません、ご友人を悪く言うつもりはありませんでした」

深々と頭を下げるエリオを見て、その謝罪をするためにわざわざこの四日間神社に通ってくれたのだろうかと環は思う。

本当に優しくて、誠実な人だ。そう思ったら、環の心臓が温かな鼓動を刻んだ。指先にほんのりと体温が戻り、少しだけ視界が明瞭になる。けれどそれは焦げるような胸の痛みも思い出させ、環は泣き笑いのような顔になった。

「わかってます。気になさらないでください。それに——……」

圭吾は同性愛者ではないのだ。そう打ち明けてしまいたいが、それでは圭吾の気遣いがふいになってしまうだろうか。

迷って口を閉ざしたら、エリオが身を屈めて環の顔を覗き込んできた。何度も何度も目を奪われて、離れていてもなお瞼に焼きついて消えない顔が近づいて、環の心臓がギュッと竦み上がる。けれど心のどこかが全身にブレーキをかけ、環はこれまでのように身を引くことも、表情を変えることすらせず、じっとエリオを見詰め返した。

感情をすべて内側に押し込んだような環の顔を見て、エリオが苦しげに眉を寄せた。

「環さん、やっぱり……怒っていますか？」

「いいえ、まさか」

勘違いをさせたのなら申し訳ないと環は薄く微笑んでみせるが、やはりエリオの表情は晴れず、視線が何かを探すように左右に揺れる。エリオはわずかに目を眇《すが》めると、すぐ側にいる環ですら聞き逃してしまうくらい小さな声で囁いた。

「環さん……何か、隠していませんか――……？」

その瞬間、環の面に緊張が走った。それを見たエリオが、底の見えない池の面できらりと光る魚の背を見つけたときのように体を前のめりにする。さすがに環が身を引きかけたとき、鳥居の方から華やかな女性たちの声が聞こえてきた。

「あったよ、深逢瀬神社！　ここでしょ？」

「あ、いたいた、神主さーん！」

エリオと揃って声のした方に目を向けると、五人の女性が鳥居の下で手を振っていた。見覚えがあると思ったら、先日居酒屋で一緒になった阿波踊りサークルのメンバーだ。

女性たちはがやがやと賑やかに社務所の前までやってくると、キャソックを着たエリオを不思議そうに横目で見つつ環に声をかけてきた。

「この前神社の名前教えてもらったから参拝にきたよ」

「ここ縁結びの神社なんでしょ？　ご利益つけてもらおうかと思って」

環の知り合いが来たのだと悟り、エリオが社務所から一歩下がる。けれど環との話をこれで終わらせるつもりはないらしく、その場から立ち去る気配はない。

一方の女性たちは神社に神父というミスマッチに最初は違和感を覚えていたようだが、今はエリオの整った顔立ちに気をとられてチラチラとそちらを盗み見ている。

おみくじを引いたりお守りを買ったりする女性たちに表向きは笑顔で対応しながら、いいな、と環は思う。

あんなふうに臆面もなくエリオに好意の眼差しを向けても、彼女たちなら許される。エリオを見る目に慕情がにじんでしまいそうで後ろめたい気分ばかりが募る自分とは大違いだ。

溜息を押し殺したところで、女性のひとりが勢いよく社務所の中に頭を突っ込んできた。

「ところで神主さん、圭吾の幼馴染みなんだよね？　もしかしてアドレスとか知らない？」

その言葉を聞きつけて、遠巻きにエリオの様子を窺っていた女性たちもいっぺんに環の元に集まってきた。

「そうそう、前は彼女いるって言ってたから遠慮してたのに、いつの間にか別れたって言うしさ。後で教えるなんて言って結局誰にもアドレス教えてくれなくって」

「神主さんなら知ってるんじゃない？　内緒で教えて？」

無骨な見た目をしているくせに、圭吾は案外女性にモテる。居酒屋でも女性たちにアドレスを教えてくれとせがまれ、笑いながら上手にかわしていた。親しみがあるのにちょっとつれないところがいいのかもしれない。

女性たちの迫力に圧倒された環は、じりじりと後ろに仰け反って首を振った。

「いえ……僕もメールのアドレスは知らなくて……連絡はいつも葉書きで来ますし」

「えー！　神主さんなら知ってると思ったのに！」

どうやら彼女たちの本当の目的は圭吾の連絡先を環から聞き出すことだったらしい。

実は裏の自宅に本人がいると言ったらそちらに押しかけかねないな、と苦笑を漏らした環は、ふと頰に視線を感じて顔を上げた。

女性たちから離れた参道の端に立つエリオが、表情をなくした顔でこちらを見ている。この近距離だから当然エリオに女性たちの声は筒抜けで、環の顔からもスッと笑みが引いた。

彼女たちの言葉の中に、圭吾には彼女がいた、というセリフが混じっていたことに、遅れて環も気がついたからだ。

「あ、雨」

互いに強張った顔で見詰め合う環とエリオの間で、誰かが小さな声を上げた。白い石畳を敷いた参道に、ぽつぽつと黒いシミが落ちる。それは見る間に大きく広がって、女性たちがいっせいに悲鳴を上げた。

「やばいやばい！　これ本降りになるよ！」

「途中に喫茶店あったからそこ入ろうよ！　じゃあ神主さん、またね！」

慌ただしく手を振って女性たちは参道を駆け抜け、我先にと石階段を下りていく。その間も降り注ぐ雨は粒を大きくして、境内を囲む木々が上下に揺れ始めた。

女性たちが去った後も、エリオは社務所から少し離れた場所に立って動かなかった。黒い髪が雨に濡れ落ち、形のいい眉を隠す。

環も社務所に突っ立ったまま、見る間に濡れそぼるエリオを見ていることしかできない。軒先に入るよう声をかけたいのに、緊張で喉が痺《しび》れたようで声が出なかった。

しばらくして、ようやくエリオが社務所の軒先に入ってきた。

前髪から滴る水のしずくを払うこともせず、エリオは真っ直ぐに環を見ている。言葉にしなくても、エリオの内側で膨れ上がる疑問の数々が環には見えるようだった。

圭吾本人にその気はないのに女性にモテるんです、と言ってしまうのは容易《たやす》い。もしくはゲイであることを隠すため表向きはノンケとして振る舞っていると言い繕うことも可能だ。けれどどちらにしろそれは圭吾がゲイであることが前提で、現実はそうでないだけに環は何も言うことができない。

エリオにとって同性愛者は許すべからざる存在だが、異端者を見るような目を圭吾が向けられる道理などどこにもない。本来そうした目で見られるべきなのは、自分なのだから。

環は体の前で両手を重ねると、言葉もなくエリオに向かって頭を下げた。深く深く、額が膝についてしまうくらいに。

「――……環さん、それは、どういう……」

何に対しての謝罪なのかと問いながらも、エリオの声には何某《なにがし》かの確信が潜んでいる。きっともう、エリオはわかっているのだ。あの夜圭吾が嘘をついたことも、その嘘が誰のためのものなのかも。

環はエリオの問いには答えず、頭を下げたまま口を開いた。

「今、傘を持ってきます。使ってください」

「待ってください環さん、貴方は……」

ほとんど答えは出ているのに最後の一線が踏み越えられないのか、エリオの声が揺れている。すべてを悟ったら、そのときエリオはどんな顔をするのだろう。圭吾から一歩体を引いたときのように、やはり自分からも少しでも距離を置こうとするのだろうか。

できればそんな顔は直視したくなくて、環は頭を下げたまま身を翻す。それを、社務所の外から伸びてきたエリオの手が引き止めた。

雨に濡れたエリオの手が環の手首を掴む。熱い指先に驚いて思わず振りほどこうとしたら、思いがけない強さで腕を引かれた。待ってください、と懇願めいたエリオの声が耳を掠めた気もしたが、環は力任せにそれを振り払う。途中でバランスを崩し、壁際に置かれたおみくじの入った引き出しに体をぶつけた。衝撃でいくつかの棚が飛び出し、中からおみくじの紙がなだれ落ちる。

予想外の環の抵抗に怯んだのかエリオの指先が緩み、環は今度こそエリオの手を振り払うと社務所を飛び出し、斜向かいに建つ母屋へ駆け込んだ。

結婚式などの催しがあるときは親族控室として使っている大広間を抜け廊下に出ると、硯《すずり》と筆を抱えて廊下を歩く父親と遭遇した。一瞬で雨に濡れた環に父が声をかけるより早く、外でエリオが雨に打たれて濡れていることを父に伝える。後はもう促すまでもなく、父親は家の奥へとって返し、タオルと傘を抱えて外に飛び出していった。

薄暗い廊下は屋根を打つ雨音で満ち、外へ出た父の声は聞こえない。一層激しく降ってきた雨の音に耳を傾け、環は自分の左手首を見下ろした。先程エリオに強く摑まれた場所が、熱を持ったように疼《うず》いている。

一瞬のことだったので痕など残っているわけもないのだが、エリオに触れられた部分は指の形まではっきりと肌に感触が残り、その部分が目で追えるようだった。

環は手首をジッと見て、ふっと溜息のような笑みをこぼす。

(こんなときなのに、あの人に触ってもらえて嬉しいだなんて——……)

恋愛は、厄介だ。

相手が自分を決して好きにならないことと、自分が相手を好きなことはまったくの別問題で、相手の心が見えてなお、想いの火種は消えてくれない。

失恋という言葉とは裏腹にまだ恋が続いている現実を目の当たりにして、環はもう一度掠れた溜息をついたのだった。


夕方から降り出した雨はやむことなく、夜になって一層雨脚は強まった。

圭吾は今日のうちに自宅に帰るつもりだったらしく荷造りをしていたが、あまりにも雨が激しいのでもう一晩泊まっていくことになった。自宅まで歩いて五分かそこらの距離だが、この雨では傘を差してもずぶ濡れになるのは目に見えていたからだ。

四人で夕食を終える頃には、屋根全体を打つ激しい雨音でテレビの音量をいつもよりも上げなければいけなくなった。風も強まり窓ガラスが低く震えている。

普段は食事を終えると各々自室へ戻っていくのだが、なんとなく不穏な雨の音が耳につき、誰が言い出すともなく全員で茶の間に集まっていると、湯呑みを手にした母親がハッとした顔であらぬ方向に目をやった。

「今、放送が聞こえなかった？　避難警報」

言われてすぐに環たちも耳を澄ませたが、雨音がひどくて他の音は何も聞こえない。テレビのボリュームも絞ってみたが埒《らち》が明かず、すかさず母親が立ち上がって電話に向かった。

男たちが耳を澄ませていると廊下の向こうから母親の切迫した声が聞こえてきて、すぐさま青い顔をした母が部屋に戻ってきた。

「大変、深逢瀬川が氾濫《はんらん》してるって！」

その一言で、ちゃぶ台を囲む環たちの顔に驚愕の表情が走った。

深逢瀬川は神社の前の車道からさらに向こう、式場を越えた少し先を流れる川だ。常に清涼な流れをたたえ、のどかに陽光を反射する川は、環が生まれてから一度も氾濫などしたことがなかった。それだけに、全員の顔に浮かぶ驚きの色は濃い。

「い、今はやりのゲリラ豪雨ってやつか……？　最近は本当に異常気象続きだな……」

「それよりどうします、俺たちも非難しますか？」

「うちは高台にあるから大丈夫よ。今圭吾君のお家に電話したら、下の人たちはもうほとんど高台の小学校に避難してるって」

そこから外の状況が見えるわけでもないのに、皆天井を見上げて口を半開きにする。その横で、環はぽつりと呟いた。

「……式場、大丈夫なのかな」

確か明日は式場で初めての挙式が行われるのではなかったか。再びちゃぶ台の上で全員の視線が交差して、真っ先に父が立ち上がった。

「ちょっと様子を見てくる」

「お父さん、外はひどい雨ですよ」

一応母は引き止めるが、こういうときの父が他人の言葉に耳を貸さないことは承知しているので、その物言いはかなりおざなりだ。案の定父はあっという間に茶の間を飛び出し、数分後、合羽《かっぱ》を着ていったにもかかわらずずぶ濡れになって帰ってきた。

「ひどかったぞ！　下の道はもう冠水して、足首まで水に浸かってた！」

大丈夫でしたか、と唯一父を心配してくれる圭吾の体を押しのけて、環は式場の様子を尋ねる。父は濡れたフードを背中に落とし、きつく顔をしかめた。

「まだスタッフの人たちが残って建物の入口に土嚢《どのう》なんか積んでたが、ありゃもう中に水が入ってるな。駐車場もすっかり水浸しだったぞ」

神父様も大変だ、と何気なくつけ足された言葉に環は鋭く反応する。

「神父様もいたの？」

「ああ、神父様も含めて五人くらいかな」

「早く避難しなくて大丈夫かしら。電車も止まっちゃうんじゃない？」

母親が心配顔でテレビのチャンネルをニュース番組に合わせるが、豪雨は局地的なものなのか特にニュースでは扱われていないようだ。

エリオもまだ残っていると聞いてそわそわし始めた環に触発されたのか、父親がまた合羽のフードをかぶって部屋を出た。

「ちょっと手伝ってくる」

「やめなさいよ、お父さん。逆に邪魔になっちゃうわよ」

母親はさほどの熱意もなく父を止め、父は聞く耳も持たず外へ飛び出す。そして数分するとまたびしょ濡れになって戻ってきて「合羽が足りない、予備があったら出してくれ」と母親を急《せ》かし、また式場へ取って返すと数十分して戻ってきて「温かい飲み物が必要だ」などと言い、大きなポットを持って出ていったと思ったら、またしても家に戻ってきた。

「お父さん、いい加減にしてくださいよ、次から次へと——……」

さすがにつき合いきれなくなったのか玄関へ向かった母が呆れた声を上げるが、それはすぐに途切れ、代わりに雨音に混じって複数の男性の声が響いてきた。

茶の間で夫婦のやり取りを見守りつつニュースを注視していた環と圭吾は、声に気づいて顔を見合わせる。何事かと玄関へ向かうと、そこには合羽を脱ぐ父親を筆頭に、髪や服から水を滴らせ、ずぶ濡れになった男性数名が立っていた。

「式場の方たちだ。式場の入口に土嚢を積んでたんだが、もうどうにもならなくなってな。中は水浸しだし、下の道路も川みたいになって駅まで歩いていくのは危険だから、今夜は全員家に泊まってもらうことにした」

父の後ろに立っているのは式場のスタッフらしい。全員バケツで水をかぶったかのようにびしょ濡れで、足元には大きな水溜りができている。道路が川のようになっているというのは本当らしく、皆膝から下が泥水で汚れていた。

確かにこの状況で駅まで歩いていくことは難しいだろうし、タクシーを呼んでも来てくれるかどうかわからない。母親はとりあえず人数分のタオルを取りに家の中へと駆け戻り、父は玄関の軒先に立っていた人影にも中に入るよう声をかけた。

スタッフに続いて、二人の男女が青白い顔をして中に入ってきた。見覚えがあると思ったら、以前深逢瀬神社に参拝に来たカップルだ。明日が挙式だと言っていたから、大雨の報《しら》せを受けて式場に駆けつけたのかもしれない。

式場で初めて式を挙げるのだと快活に笑っていた女性は、今やしおれた花のように俯いて、大きなビニールバックをギュッと胸に抱きしめている。打ちひしがれたその顔を見て思わず駆け寄ろうとしたら、その後からもうひとり中に入ってくる者がいた。

頭から爪先までずぶ濡れになって最後に玄関の戸を潜ったのは、エリオだ。

雨の中長いこと作業をしていたせいか憔悴《しょうすい》した顔のエリオが、環に気づいてわずかに表情を変化させる。そこに現れるのが軽蔑か落胆か確認する前に、環は着物の袖を翻し、タオルを抱えてきた母と入れ違いに家の奥へと駆け込んだ。

「お風呂の準備してくる！　皆体が冷え切ってるだろうから順番に入ってもらって！」

「お願い！　台所でお湯も沸かしておいて、お茶淹《い》れるから！」

わかった、と大きな声で返しながら、環は廊下を走って脱衣所に飛び込む。

古い湯を抜き浴槽を洗って、足拭《あしふ》きマットを新しいものに代え真新しいタオルを棚から出す。余計なことは考えまいと一気にそこまでやってしまうと、環は肩で大きく息をした。

（もう、滅多なことでもない限り会うこともないと思ってたのに――……）

まさかこんなタイミングでエリオが自宅にやってくるとは思わなかった。しかも一晩ともに過ごすことになるなんて。

できることなら、もう少しほとぼりが冷めるまでその顔を直視したくなかった。きっともう自分の性癖はエリオにばれている。そのことをエリオがどう受け止めたのか、自分に向けられるエリオの顔つきから窺い知ることが怖かった。

だからといって、この雨の中皆を外に放り出すこともできないし、ひとり自室に閉じこもることもできない。

浴槽に水が溜まったら、この脱衣所からも出て母たちと客人の対応をしなければ。

環はなんだか泣きたい気分で、浴槽に溜まっていく水の面を見詰め続けた。


環の父が自宅に連れてきたのは、エリオの叔父である式場の支配人と、エリオを含むスタッフ四名、さらに明日挙式を控えた新郎新婦の二名だった。

環たちは全員に着替えと食事を提供し、婚礼の際親族控室として使う大広間にあるだけの布団を敷いて、そこで休むよう皆に伝えた。

スタッフと新郎新婦は心底環たちに感謝して大広間に引き上げていったが、後で様子を見に行った父によると、誰ひとり布団に身を横たえている者はいなかったという。少しでも雨が弱まれば式場に戻り、再び土嚢を積み上げようとしていたらしい。

　ことに新郎新婦は蒼白な顔で、窓辺に立ってずっと真っ暗な空を見上げていたそうだ。終始裏方に回り皆の目に触れぬよう立ち働いていた環は、新郎新婦の心境を思って眉根を寄せた。一生に一度の晴れの日がふいになりかねないのだから、眠れないのも当然だ。早く雨がやめばいいと祈るような気持ちで天井を見上げてみるが、屋根を打つ雨音は激しさを増すばかりで、家全体が滝に打たれてでもいるようだ。

　結局式場スタッフと新郎新婦だけでなく、環たち親子と圭吾までまんじりともせず夜を明かし、ようやく雨が弱まってきたのは明け方の四時を回った頃のことだった。

　小雨になると、まだ夜も明けきらぬというのにスタッフたちは早々に式場の様子を見に外へ出て、その気配に気づいた父も当然のような顔で皆についていった。このときばかりは母もそれを止めず、三十分ほどしてスタッフたちと戻ってきた父に早速状況を尋ねる。

　徹夜明けで目の下にクマを作った父は、顔をしかめて力なく首を横に振った。

「……駄目だな、昨日積んでおいた土嚢なんてほとんど役に立ってなかった。式場の中はめちゃくちゃだ。披露宴会場も水浸しで、テーブルも椅子も泥だらけだった」

「教会は？　あの建物は独立してるし、少し高い場所にあったよね？」

　車道から見上げた大階段を思い出して環が尋ねると、これにも父は弱々しく首を振った。

「夜中、風が強く吹いてただろう。教会の裏の木が折れて、天井のステンドグラスを直撃したみたいでな、天井に大穴が開いてバージンロードも水浸しだ」

「じゃあ、今日の挙式は——……」

室内を重苦しい沈黙が包む。きっと式場スタッフと新郎新婦のいる大広間は、ここ以上に沈鬱《ちんうつ》な空気に満たされているのだろう。想像しただけで誰からともなく溜息が漏れた。

廊下から控えめな声がかかったのは、溜息が薄く室内に霧散していったときのことだ。

襖の向こうから顔を出したのは、式場の支配人であるエリオの叔父だ。五十絡みの支配人は、さすがエリオと血が繋がっているだけあり渋みのある整った顔で父に深く頭を下げた。

「昨日から皆様には大変にご迷惑をおかけして、申し訳ありません」

「いえいえ、困ったときはお互い様ですから」

「……その上でこのようなお願いをするのは、大変に気が引けるのですが——……」

そこで一度言葉を切り、支配人が廊下の向こうに視線を向ける。

いつの間にか雨音はやみ、代わりに境内を囲む木々から水の滴る音がする。それに混じって、低くすすり泣く女性の声が聞こえてきた。

支配人が、憔悴し切った顔で父を見る。うろたえた顔で皆のいる茶の間を振り返った父に、行きなさい、と母が口の動きだけで促し、父は助けを求めて環を手招きした。動揺して環が隣に座る圭吾を見ると、行け、と無言で背中を押される。

支配人を先頭に環と父が大広間に行くと、そこには部屋の隅ですすり泣く新婦と、その背中をさする新郎、傍らで肩を落とす式場スタッフの姿があった。

スタッフの中にはエリオもいる。濡れたキャソックを脱いだエリオは動きやすい黒いジャージを着ている。父のものだから丈が短いが、それを気にする余裕もないらしい。

エリオも疲れ切っているらしく俯いてこちらを見ない。そのことに、ホッとするより胸が痛んだ。きちんと眠れたのだろうかと心配になる。

支配人は新郎新婦の傍らに膝をつくと、その場に正座をして畳に両手をついた。そして環と父がその向かいに腰を下ろすのを待たず、平身低頭して言った。

「無理を承知で申し上げます。今日こちらで、結婚式を挙げることはできないでしょうか」

前置きもないその申し出に、環はもちろん、父も硬直して、すぐにはその場に座ることさえできなかった。そんな環たちに支配人は、背後に控える新郎新婦の状況を述べる。

新婦の出身は沖縄で、すでに親族は上京して、明日の朝には飛行機で沖縄へ帰ってしまうという。支配人ははっきりと口にしなかったが、言葉の端々から新婦側の親族がかなり金銭的に無理をして今回の上京を決めたことは感じ取れた。一族揃っての上京は二度ないかもしれないということだ。特に百歳と高齢の祖母は再びこの地を訪れることができるかどうかわからず、新婦としてはどうしても今日式を挙げたい。けれど式場の被害は甚大で披露宴を行うことはもちろん、教会で式を挙げることも不可能だ。

「我々も他の式場に連絡を入れてみたのですがどこも空きがなく……ですからどうか、こちらの神社で式を挙げていただけないでしょうか。親族の方々は二十名ほどです。披露宴は無理でも、式だけでもなんとか」

深く頭を下げたまま畳に向かって喋り続ける支配人に、父はすっかり気圧されている。

「し、しかし、そちらのお二方は、それでよろしいんですか？」

支配人の後ろにいる新郎新婦に視線を向けると、新婦の肩を抱いた新郎が力なく頷いた。

「もともとは、僕たちが言い出したんです。式場を探す段階でこちらの神社も候補に入っていたものですから、もしも可能なら、と思いまして……」

はぁ、と父はぼんやり頷き、皆が自分の返答を待っていることを自覚したのか、徹夜明けの頭を無理やり動かすべく大きく頭を振った。

「そう……ですね……。うちとしては、今日は特に御祈禱の予約もありませんし……白無垢なら商店街の貸衣装店にあるでしょうし、鯛も魚屋に連絡すれば手配できる……乾物も、酒も……巫女さんたちも片っ端から電話をかければ何人か来てくれる、よな？」

途中から独り言のようにぶつぶつ言っていた父が環を振り返る。環はそれに頷きつつも、俯いてすすり泣く新婦が膝の上に抱いているビニールバッグから目が離せない。

父の目算はおおむね間違ってはいない。毎日団体客や祈禱の予約が絶えないような神社なら話は別だが、深逢瀬神社程度の小規模な神社なら、商店街や隣近所の手助けさえあれば飛び込みで式を挙げることも可能だ。現にこれまでにも、七五三や初宮参りの依頼が当日の朝舞い込んできたことだって何度かあった。

父と支配人はその後も何事か話し合い、最終的に父が力強く頷いた。

「そうですね、挙式だけならなんとかなるでしょう。必要なら披露宴も、懇意にしている料亭がありますので、よろしければご紹介します」

「本当ですか？　よかった——……」

支配人と新郎がホッとした表情を浮かべる。だが、その瞬間新婦のすすり泣きが大きくなって、膝に抱えたバッグを抱く手に力がこもった。

「待ってください、そのバッグの中身、なんですか」

和やかな空気が流れかけた室内に、環の張り詰めた声が響く。ハッとした顔で新婦が顔を上げ、その横でエリオもゆっくりと面を上げた。

頬にエリオの視線を感じながらも、環は新婦から目を逸らさない。泣き腫らした目をする新婦に、環は静かな口調で尋ねた。

「もしかして、ウェディングドレスが入ってるんじゃないですか？」

瞬間新婦が目を見開いて、両目からボロッと新たな涙が溢れ出した。それは肯定の返事に等しく、やっぱり、と環は痛々しく眉を寄せる。

先日神社に来てくれたとき、女性は教会で式を挙げるのが子供の頃からの夢だと言っていた。そのために、手製のドレスを作っているとも。

あのときの弾けるような笑顔と、目の前の泣き崩れる姿と、なんという違いだろう。たった今神社で和装の式を挙げるという話がまとまりかけたとき、一際悲痛に響いた嗚咽を環は聞き逃さなかった。

一生に一度の晴れ舞台なのに、花嫁がそんな心境で皆の前に立っていいはずがない。

そう断じるや否や、環は支配人と新郎新婦に向かってきっぱりと言った。

「うちは場所だけお貸しします。ですから、式はそちらの神父様に執り行ってもらってください」

拍子を力強く打ちつけたような、歯切れのいい環の声が大広間に響き渡る。

突然のその申し出に、室内にいた全員が唖然とした顔で環を見た。環はその視線に怯むことなく、背筋を伸ばして一層明朗とした声で言い放つ。

「境内に祭壇を作ります。新郎新婦のお二人にはドレスとタキシードを着ていただいて、ここでキリスト教式の結婚式を挙げてください」

室内が水を打ったがごとき静けさに包まれ、全員が息をするのも忘れたような顔で環を見ている。支配人も新郎新婦も、先程まで疲れた顔で俯いていたエリオも大きく目を見開いて、中でも一等目を丸くした父が、横から環の顔を覗き込んできた。

「た、環……お前そんな無茶な……」

「無茶じゃないよ。拝殿の前に幕でも張って、賽銭箱をどかして祭壇置いて。祭壇ぐらいだったら教会からも運べますよね？　あとは玉砂利にパイプ椅子を並べて、参道に赤い絨毯を敷いたらバージンロードになる」

　環の言葉に喚起され、その場にいる全員の頭にパッと屋外挙式の光景が浮かんだ。さらさらと揺れる木々の下に椅子を並べ、木漏れ日の中で行われる結婚式。境内に真っ直ぐ伸びる参道に赤い絨毯を敷いた様はまさにバージンロードで、青褪《あおざ》めていた新婦の頬にサッと赤みが差した。

　できるでしょ、と環が水を向けると、父も感心した様子で幾度か頷く。

「でもな、パイプオルガンがないが、いいのか？」

　息子を止めるどころか計画を補強し始めた父を見て、支配人も身を乗り出した。

「そこは聖歌隊を呼びますから、アカペラで歌ってもらいます」

「はぁ、じゃあよろしいんじゃないでしょうか。そちらのお二方はいかがです？」

「可能なら、ぜひ……！」

　新郎が身じろぎするより先に、新婦が身を乗り出して声を張る。それを確認してから、環は新郎新婦の後ろにいるエリオに視線を向けた。

「あとは神父様次第なのですが、このような場所で式を挙げていただくことは可能でしょうか」

　突然話を振られ、ただただ驚いた顔で環を見ていたエリオの背筋が伸びる。皆の視線がエリオに集中し、エリオは困惑した表情で膝を擦り環に近づいた。

「……それは、私は構いませんが――……」

エリオが流暢な日本語で答えた瞬間、環の隣に座る父がギョッとした顔で身を乗り出した。

そんな父の反応には頓着せず、環は続くエリオの言葉を待つ。

このときばかりは、エリオの瞳を見返すことに躊躇はなかった。たとえエリオに軽蔑の目を向けられても、エリオが頷いてくれるまでできる限り説得しようと思っていた。

この神社に縁を結んでもらったと言ってくれた人たちに、どうしても満面の笑みで式に臨んで欲しかった。そのためなら、他人の目など恐れていられない。

かつてなく強い意志を秘めた環の視線に負けたのか、先に目を逸らしたのはエリオの方だ。

エリオはゆるゆると視線を落とすと、畳の目を見詰めて肩を落とした。

「私は構わないのですが……ここは神社なのに、神父がキリストの説法などしても問題ないでしょうか……?」

ようやく返ってきた返答に、環はホッと肩の力を抜く。そんなことにこだわっていたのかと思ったら、いっそ口元に笑みすら浮かんだ。

「うちの神様は、その程度のことで怒るほど心が狭くありません」

大丈夫です、と環は頷く。一切の迷いもない、確信に満ちた目で。

環は一応宮司である父にも顔を向ける。父も端から神罰が当たるかもしれないなんてことは頭にもなかったようで、構いませんよ、と鷹揚《おうよう》に頷いた。そんなことよりはむしろ、エリオが日本語に堪能だったことの方にまだ動揺しているようだ。

「それでは、本日はどうぞよろしくお願いいたします」

環は畳に両手をついて、エリオに向かって端正に頭を下げた。

エリオは短い返事をしたがその声はどこか上の空で、心中何を思っているのか、頭を下げた環に窺い知ることはできなかった。

茶の間に戻って環が今日の予定を母と圭吾に報告すると、母は呆れ顔で「貴方もお父さんの子ね」と溜息をつき、圭吾は「力仕事なら任せろ」と腕をまくった。

深逢瀬神社でキリスト教式の結婚式を挙げると決まったのが早朝五時。その後は母がスタッフと新郎新婦を含めた全員分の朝食を手早く作り、ようやく東の空が明るんできた六時前にはそれぞれが動き出していた。

圭吾と式場スタッフは、神社に上る長い階段を何往復もして式場からパイプ椅子や祭壇を運び、環と父は本殿で御神体に本日のことを報告した後、早速設営に取りかかった。

家からありったけの衣紋《えもん》かけを持ち出して拝殿の前に並べ、そこに真新しい純白のシーツをかけて目隠しする。賽銭箱を自宅に移し、代わりにそこへ祭壇を置いて、次々運ばれてくるパイプ椅子は玉砂利の上に左右対称に並べ、参道に真紅の絨毯を敷き詰めた。

すっかり外が明るくなる頃には車道を流れる水も引いてきて、靴の裏が浸る程度になっていた。深夜に雨が集中したおかげで電車のダイヤにほぼ乱れはなく、新郎新婦の親族たちも昼の挙式には間に合うという。

八時を過ぎる頃にはメイクと着つけを担当する式場スタッフや聖歌隊も到着して、式場の惨状と突然の計画変更にうろたえつつも深逢瀬神社に集まってきた。

環の母は昨日のうちに洗っておいたエリオのキャソックにアイロンをかけ、一通り設営を終えた圭吾は自前のカメラを準備する。式場に隣接した衣装室も雨の被害に遭っていたため、新郎のタキシードは商店街の貸衣装店から調達して、花嫁も深逢瀬神社の控室で手製のドレスに着替えると、いよいよ式の準備は整った。

空を覆っていた雲はすっかり晴れ、濡れた土の匂いと、瑞々しい緑の匂いに満たされた深逢瀬神社の境内に、即席の屋外教会が完成する。

赤絨毯が敷かれた参道を中心に、拝殿に向かって右手側に新郎の親族、左手側に新婦の親族が並び、中央の祭壇にはキャソックを着て聖書を手にしたエリオが立つ。拝殿の左手に植えられた小さな桜の木の前には四人の聖歌隊が起立して、新郎新婦の登場を待っている。

環たち一家は社務所の傍らに立って、静かに式を見守った。圭吾は客席の後ろに立って、何食わぬ顔で本物の式場カメラマンと肩を並べている。

そして正午、聖歌隊のメンバーが息を揃えてアカペラで歌い出し、車道に下りる階段から白いタキシードを着た新郎がやってきた。

新郎は鳥居の前に立つと、参列者に向かって深く頭を下げる。緑の木々と朱色の鳥居という鮮やかなコントラストの中で一礼する新郎の姿は新鮮だ。参道を歩いて新郎がエリオの前までやってくると、続いてウェディングドレスを着た花嫁が父親に腕を引かれて階段を上ってきた。

客席から溜息が漏れ、環たちも小さな歓声を上げた。

花嫁が身に纏うのは腰にリボンのついたシンプルなドレスで、結い上げた髪に白い花が添えられている。手にしたブーケは真っ白な花を丸く寄せ集めたラウンド型で、早朝環の母が商店街の生花店に電話をして急遽《きゆうきよ》作ってもらったものだ。

裾に幅広のレースがつけられたベールも花嫁の手作りらしく、その向こうに透けて見える表情にはほんのり笑みが浮かんでいる。楚々《そそ》として清らかな、実に美しい花嫁姿だった。

花嫁とその父親がエリオの元までやってきて、父親が娘の手を新郎に手渡す。一際高らかに聖歌隊が歌声を響かせ、父親が涙を拭って席に着くと、ぴたりと聖歌隊の歌がやんだ。

唐突に、境内は頭上を覆う木々の葉擦れの音だけに包まれる。

中央の祭壇に立つエリオは春の薄い日差しの下で目を伏せ、ゆっくりと息を吸い込んだ。

「皆様、本日は大変におめでとうございます。これより、新郎、鈴木正道《すずきまさみち》と、新婦、岡崎恵子《おかざきけいこ》の、結婚式を執り行いたいと思います」

エリオの深く柔らかな声が境内に響く。日本語は滑らかで、敢えてたどたどしい口調を装うことはしないらしい。

エリオは落ち着いた調子で聖書を手に三位一体を説き、夫婦のあり方を説き始める。背景を真っ白なシーツで塗り潰され、木漏れ日の下で聖書を読み上げるエリオの姿は厳粛で、また美しい。新郎と新婦の両方に夫婦となることを誓うか尋ねたエリオは、二人の宣誓に頷いてから、この先も続いていく日々に幸多かれと祈りの言葉をささげた。

その様を、環は息さえ潜めてジッと見ていた。

抑揚豊かに聖書の言葉を語り、見る者の目を無自覚に惹《ひ》きつけるタイミングで言葉を切り、顔を上げ、口元にわずかな笑みを含ませるエリオを、環は瞳に焼きつける。

これが最後だと思ったら、どうしてか凍りついていた心臓がゆっくりと溶け、目の前を覆っていた薄布が剝がされたように目の前が明るくなった。頬に触れる風や、肩に当たる陽光や、足元から立ち上る土の匂いが鮮明になる。

そして、やっぱり好きだ、とごく自然に胸の中で呟いた。

どうして一目で恋に落ちたのかは未だにわからないが、やはり自分はエリオのことが好きで、相手にどう思われようとその気持ちがしぼんでしまうことはないらしい。

こんなタイミングで改めてそう思ったのは、きっと境内に響くエリオの言葉に誠心誠意目の前の二人を祝福しようという想いがこもっていたせいだろう。目を閉じていてもわかる。

想いは声ににじみ、表情に現れ、きちんと周囲の人間に伝わるものだ。

エリオの温かな声に耳を傾けていると、冷え切っていた全身に熱が戻った。できればずっと聞いていたかったが、挙式は刻一刻と終わりに近づいていく。

パタン、とエリオが聖書を閉じた。いよいよ終わりか、と環が切ない溜息をついたとき、エリオが思いがけないことを言った。

「……本来ならここで誓いの口づけなのですが、今日はその前にひとつだけ、私から申し上げておきたいことがあります」

祭壇の上に聖書を置いて、エリオは参列者ひとりひとりに視線を向ける。

「昨晩はひどい雨が降り、本来式を挙げるはずだった式場は大きな被害を受けました。今朝方までは挙式まで危ぶまれていましたが、こうして無事に式を執り行うことができたのは、この場所を提供してくださった深逢瀬神社の皆さんのおかげです」

いきなり神社の名前を出され、環と両親はギョッとして互いに顔を見合わせる。

エリオは参列者から新郎新婦に視線を移し、環たちが立つ社務所に目を向けた。その視線の動きに合わせ、参列者も、新郎新婦も環たちのいる背後を振り返る。

「深逢瀬神社の皆様にもどうか、幸多からんことをお祈りして」

エリオが胸の前で十字を切るのと、その場にいた全員が示し合わせたように環たちに頭を下げるのはほぼ同時だ。親子三人うろたえてお辞儀を返すと、エリオの朗々とした声が境内

に響き渡った。

「では、誓いの口づけを」

新郎が新婦のベールを上げ、青空の下で二人の唇が重なり合う。聖歌隊が満を持して祝福の歌を歌い上げ、客席から盛大な拍手が上がった。

「――……無事終わったか」

昨日から駆けずり回ってさすがに眠そうな顔をした父が、拍手をしながらぽつりと呟く。環も頷き深い息を吐いた。後は朝のうちに連絡しておいた料亭に新郎新婦と親族を案内すれば、自分たちの出番はすべて終了だ。

「タクシー呼ぶ？　十分くらいだけど、道は泥だらけになってるだろうし」

「そうだなぁ……せっかくのドレスが汚れてももったいないしな……」

そんな話をしていたら、首から大きなカメラをぶら下げた圭吾がやってきた。厳つい顔に会心の笑みを浮かべているのでよほど満足できる写真が撮れたのかと思いきや、圭吾は環たちに向かって写真とはまったく関係のないことを言った。

「タクシーはいらないっすよ。このまま全員車道まで下りてもらってください」

「なんだ、もう車でも用意してあるのか？」

環の父が尋ねてみても圭吾は笑みを深くするばかりで何も言わない。首を傾げながら新郎新婦一行と階段を下りた環たちは、神社の前から商店街に続くアスファルトの道が、ホースで水を流しモップでもかけたかのように清められているのを見て目を丸くした。

商店街とは反対側、式場に続く道はまだ昨日の土砂降りの名残で、ぶ厚い泥が地面にこびりついている。式場のスタッフが掃除をしたのだろうかと思いつつ環の父を先頭に一行が歩き出すと、すぐに道の両脇にモップやバケツを持った人々が現れた。

そこにいたのは商店街の面々で、環は驚いて隣を歩く圭吾を見上げる。それを受け、圭吾は楽しげな笑みを唇に浮かべた。

「ブーケだの新郎の衣装だの商店街にいろいろ頼みに行ったら、深逢瀬神社では何がおっぱじまったんだって皆に訊かれたから事情を説明したんだよ。そうしたら、せっかくの道行きに泥があっちゃあ忍びないって、式の間中皆で掃除してくれてたんだ」

話をしている間も魚屋の旦那や米屋の夫婦が、目の前を通り過ぎていく新郎新婦に笑顔で「おめでとう！」と声をかけている。道の途中途中で現れる人々は商店街に至るまで途切れず、新郎新婦はそのたびに嬉しそうに笑って会釈を返した。

「下手すりゃ隣の家の夕飯のメニューまでわかっちまう、プライバシーの欠片《かけら》もねぇこんな町うんざりだと思ってたけど、たまにはこういうのも悪くないわな」

名前も知らない新郎新婦のために道を清め、満面の笑みで祝福の声をかける商店街の人々の前を通り過ぎ、そうだね、と環も笑う。

新郎新婦の後ろを歩くエリオもさすがに驚いた顔だ。環たちは列の最後尾を歩いているのではっきりとは見えないが、時々見えるその横顔を見詰めて環は笑みをこぼす。

「今日の神父様、格好よかったね」

出し抜けにそう言うと、圭吾がわずかに目をむいた。この数日間ずっとエリオのことでふさぎ込んでいた環が思いがけず軽やかに口にした言葉に驚いたらしい。

一瞬口を噤んで環の横顔を見下ろした圭吾は、環が何か吹っ切ったことを悟ったのか、肩を竦めて同意した。

「まぁな。男前だわ」

「僕はもう、神父さんのファンになった」

好きだとは言わず、ファンという言葉を使ってみた。個人的にどうにかなろうというのではなく、彼を慕う多くの人の中のひとりになろうと思ったからだ。

きっとエリオなら近いうちに老若男女問わずたくさんのファンができるだろうから、自分もその中に埋没しよう。この恋心は、大きなくくりの好意というものにすり替えよう。

そんな環の心情を察したのか、圭吾が大きな手を環の頭に載せてきた。

「いいんじゃねぇか、それで」

そう言って、圭吾は環の頭を前後に揺さぶる。本人は撫でているつもりなのかもしれないが、ガクガクと頭を揺らされよろけながら、環も声を上げて笑った。

だから環は気づかない。

その瞬間、前を行くエリオが振り返って環と圭吾のやり取りを見ていたことに。

まさしく嵐のような一日が終わり日も落ちると、挙式を終えた新郎新婦が改めて礼を言いに神社を訪れ、エリオの叔父と従業員も高価な菓子折りを持ってやってきた。さらに夜になると仕事を終えた商店街の人々が「粋なことするじゃねぇか」と酒だの刺身だの持ち込んで、結婚式の二次会のようなものが環の家で始まり、宴は深夜まで続いた。

だが環の家を訪ねてくれた式場関係者の中にエリオの姿はなく、だから環は静かに悟る。

エリオはもう、二度とこの神社に来るつもりはないのだろう。自分がここにいる限り。めでたい席で淋しい気持ちを露《あら》わにすることもできず、環は代わりに甲斐甲斐しく皆に酒をついで回った。そうしていないと深く俯いて動けなくなってしまいそうだったからだ。

翌日、睡眠不足で疲労困憊《ひろうこんぱい》した環一家が寝込んでいる間に圭吾はひとり荷物をまとめ、環にだけは別れの挨拶をして実家に戻っていった。圭吾は昨晩の環の様子を見ていたらしく、

「そのうちここの神様がいいご縁結んでくれるって」と最後に励ましてもくれた。

圭吾がいなくなると深逢瀬神社はたちまち元の静けさを取り戻し、さらにその翌々日、環の両親も町内会の旅行に出かけることになった。

旅行自体は去年の年末から決まっていたことだったのだが、ここ数日のバタバタでろくな

支度もしていなかった両親は、旅行前日に大きなカバンに思いつく限りの日用品を詰め込んで、慌ただしく二泊三日の旅行に出かけていった。

唐突に神社に取り残された環は、ひとりぽつんと境内の掃除をする。

深逢瀬神社の参拝客は相変わらず少なく、朝のお勤めから境内の掃除、参拝客の対応などをひとりでこなすのはさほど大変なことではなかった。昼食は朝のうちに作っておいたおにぎりと、ほうじ茶の入ったポットを社務所に持ち込みその場で済ませ、あとは境内と社務所を往復するだけで一日を過ごした。

やがてビルの谷間に夕日が落ち、境内がうっすらと闇に閉ざされる頃、環は本日最後の掃除のつもりでほうきを持って社務所を出た。

拝殿の裏に回ってほうきをかけていると、境内を囲む木々の間から今日もスカイツリーが遠く輝いて見えた。

ひとりで神社の仕事を切り盛りするのはさほど大変とも思わなかったが、やはり普段と違うことをして緊張していたらしい。環は無自覚に長い長い溜息をつく。

ぼんやりとツリーを見ていたら、夢によく出てきた背の高い人物のことを思い出した。芋づる式にエリオのことまで思い出してしまい、環は微苦笑を漏らす。

極力思い出すまいと心に決めたのに、未だにちょっとしたことからエリオを連想してしまう自分に呆れる。慕情はそう簡単に去ってくれないらしい。いっぺんにどこかへ押し込めるのではなく、少しずつゆっくりと溶かしていくしかないのだろう。

環は木々の間に分け入って、眼下に広がる町の光をぼんやりと眺める。

商店街の人たちから聞いたところによると、深逢瀬神社で式を挙げてから、エリオは流暢な日本語で町の人々と言葉を交わすようになり、日本語が喋れない振りをすることはもうやめているようだ。

一体どういった心境の変化なのか気になるところではあるが、それを尋ねる機会はもう二度とないだろう。

「環さん」

葉擦れの間でエリオの声が蘇り、環はゆっくりとした瞬きをする。きっともう、そんなふうに名前を呼ばれることもないのだろう。あの深みのある、どこか甘さも含んだ声で名前を呼ばれると、それだけで足元が浮き立ってしまったものだが。

スカイツリーの輝きに見惚れながらそんなことを思っていたときだった。

「――……もう、振り返ってももらえないのでしょうか」

頭の中で響いているとばかり思っていたエリオの声が予想外な言葉を紡ぎ、ようやく何かおかしいと気づいて環は背後を振り返る。

そこにエリオの姿を見つけ、環はポカンと口を開けた。いるはずのない人物が突然目の前に現れ、まるで現実味のないその光景にすぐには反応を示すことができなかった。

　数秒の後、目の前に立っているのが紛れもないエリオ本人だと気づいて環はその場で跳び上がる。キャソックを着たエリオの表情は境内の暗がりにまぎれてよく見えず、とっさに後ずさりした環は背後の木に背中を打ちつけ、わけもわからぬままその裏に逃げ込んだ。

（ななな、なんでここに神父様が……!?）

　最早ここにエリオがやってくることなどないと信じて疑いもしなかったのに、背後には間違いなくエリオがいる。しかも両親ともに旅行に行ってしまい自分しかいないときに。これでは今までのように自宅に飛び込んで後の対応を両親に任せることもできない。

　胸の前でほうきの柄を握り締め、ぐるぐると考えを巡らせた環だったが、いつまでも木の後ろに隠れているわけにもいかず、ごくりと喉を上下させて掠れた声を上げた。

「あ、あの、お、お久しぶりです、神父様……」

　勇気を振り絞って声をかけてみたものの、背後に立つエリオから返事はない。沈黙の意味がわからずぎくりとして、環は上ずった声を上げた。

「き、今日はあいにく、両親が不在ですが、一体、どういったご用件で……？」

　尋ねてみたがやはり返事はない。何か怒っているのだろうか。それとも先日の式の際、よほど気に障ることでもしてしまったか。ネガティブな可能性が頭を占め、口を開く気力も失いかけたところで、ようやくエリオの声がした。

「環さん……この町には教会がないので、告解室もありません。ですから……せめて貴方に、私の懺悔《ざんげ》を聞いて欲しいのですが……」

背後から響いてくる声はこれまでになく力がない。

宗派の違う自分にこんな話を持ちかけてくるなんてとうろたえたものの、それだけ追い詰められているのかもしれないと思えば断ることもできなかった。環はほうきの柄を握り直すと、木の幹の裏に隠れたまま小さな声で、どうぞ、と促す。

しゃらり、と細い鎖のぶつかり合う微かな音がして、エリオが胸のロザリオに触れたのがわかった。背後から張り詰めた空気が伝わってきて、環は無自覚に喉を鳴らす。

ためらいを色濃く感じさせる沈黙の後、エリオが短い息を吐いた。

「——……好きな人ができました」

ぽつりとこぼされた言葉を耳で拾い上げ、環はひとつ瞬きをする。

すぐには何を言われたのかよくわからなかった。わかったと思っても、どうしてそれを自分に言うのか、新たな疑問が湧いてきて状況がよく理解できない。

黙り込む環の背後で、けれどエリオはもう言葉を止めなかった。

「その人は、いつも眩しそうな目で私を見ます。きっと私が聖職者だから、自然とそうなるのだと思います。でも、私は……」

緊張で口の中が乾いてしまったのか、エリオの声が掠れている。一方環はようやくエリオには想い人がいるのだと理解して、喉の辺りから込み上げてきそうになるものを呑み込むのに必死だ。環が喉を上下させると、同時にエリオが振り絞るような声で言った。

「私は、本物の聖職者ではありません……！」

罪を告白する者の苦渋に満ちた声が、環の心臓を鷲摑《わしづか》みにする。

比喩《ひゆ》ではなく本当に驚愕で心臓が押し潰されたかと思った。ふいの圧力に反発するかのように、肋骨《ろっこつ》の内側で痛いくらい激しく心臓が脈打ち始める。

その理由を問うこともできずただただ環がほうきの柄を握り締めていると、長い溜息の後、いくばくか声のトーンを落としたエリオがぽつりぽつりと語り始めた。

「子供の頃、洗礼を受けて私がクリスチャンになったのは本当です……ですが日本人の母はひとつの宗教にのめり込むことを好まず、父に強く勧められて自分も洗礼を受けておきながら、神棚を民芸品だと言い張ってイタリアの自宅に持ち込んだりして、私もあまり熱心に教会には通っていませんでした。五歳で両親が離婚して日本に来てからは、一度も教会に行っていません……それどころか、なんの疑問もなく初詣に行く始末で……」

エリオの声に羞恥がにじむ。本当は誰にも語ることなく胸の内に隠しておきたかった話なのだろう。そんな話をなぜ自分にしてくれる気になったのかは知らないが、きっとこの場所に足を向けるまでに様々な葛藤があったに違いない。環は黙って耳を傾けた。

「大学を卒業してからは、レストランで給仕の仕事をしていました。そんなときに叔父から結婚式場を始めるという連絡を受け、久しぶりに叔父に会いに行ったら、教会で牧師をやらないかと、誘われたんです」

エリオの告白はさらに続く。声に混じる息遣いは苦し気で、いっそ止めたくなるのを環もグッと堪える。

「卒業した大学は一般の学校です。私には牧師になる資格などなかったのに、面白半分で承知しました。式場の神父には私と同じように資格もなく、アルバイトで雇われる者も多いと聞いて、罪悪感すら抱いていなかったのに——……そこで、その人と出会ったんです」

その人、という言葉に環は息を詰める。

それはきっと、エリオの好きな人のことだろう。式場の人間だろうか。先程は突然のことに驚くばかりで上手く感情も湧いてこなかったが、少しずつ現状を理解してきた今はとても平静でいられない。心臓に細い錐《きり》をねじ込まれるようで、思わず耳をふさぎたくなる。

「その人は私を神父様と呼んでくれて、戒律にも心を砕いてくれました。いつも一番にこちらのことを考えてくれる優しい人で、気遣いも濃《こま》やかで……だからこそ、段々いたたまれなくなってきたんです」

一体誰のことを言っているのだろう。

エリオの声は痛々しいほど真剣で、本当にその相手が好きなのだと伝わってくる。

恋焦がれた相手が自分以外の誰かを想って苦しい息を吐いている。その様をこんなにすぐ近くで見せつけられ、内側から胸が切り裂かれるように痛んだが、環は強く唇を噛んでそれに耐えた。

聞かなくちゃ、と思った。こうしてエリオが自分を頼ってきてくれたのだから、少しでも力になりたかった。

「最初は私も神父らしく見えるよう、清廉潔白なことばかり口にしていましたが、あまりにも素直にその人が私を神父と信じてくれるので心苦しくなって……何度も本当のことを言おうと思いました。でも、眩しそうな目で見上げられるたびに決心が揺らいで、結局言えませんでした。本当のことを言ったら軽蔑されるのではないかと思ったら、とても――……」

僕なら、と、言葉が口を衝いて出かけた。

(僕なら貴方がそんな嘘をついていたとしても、貴方を嫌いになることなんてないのに)

木の裏から飛び出してそう叫びたかったが、環はそれも堪えた。

ここはエリオにとって、己の罪を打ち明ける告解室なのだ。神父の役を任された自分は、黙ってその言葉に耳を傾けるしかない。

無理やり言葉を呑み込んだら、今度は喉から嗚咽が漏れそうになって、環は目一杯唇を噛み締める。ゆらりと視界が揺れ、遠くのスカイツリーがぼやけて輪郭を失った。

風が吹いて、周囲の木々が揺れる。エリオの言葉は途切れたままだ。すべて語り切ったのだろうかと後ろを振り返りかけたら、エリオの小さな声が風に乗って耳元に届いた。

「……その人も、聖職者だったんです」

長い沈黙を経てようやくその言葉を口にしたらしいエリオは、つかえがとれたように一気に言葉をつぐ。

「その人は私とは違って、きちんと聖職者になるべく専門の学校にも通っていました。話を聞くほど自分が恥ずかしくなり、絶対に本当のことは言えないと思いました。でも、あるときその人が言ったんです。その人の信じる神様の前で私が説法をすることになって、問題ないかと尋ねたとき、『うちの神様はその程度のことで怒るほど心が狭くはない』と」

瞬きをしたら、目尻から涙がポロリと落ちた。けれどそれは一粒で途切れ、次々溢れてくるだろうと思ったのに次の涙が出てこない。

驚きすぎて涙も止まった。覚えのある台詞に、まさかと思いながら首を回す。木の後ろから、エリオの声はまだ続いている。

「その言葉を聞いてようやく、この人の信じる神と同じく、この人もたったひとつの嘘で相手を見限るほど心が狭いわけがないのではと思い、打ち明けようと決心したんです」

エリオが言っているのは、以前自分が口にしたセリフに他ならない。混乱を深め、なかなか木の裏から顔を出せない環に追い打ちをかけるように、エリオは苦り切った声で言う。

「それでも、嘘は嘘です。許してもらえるかわかりませんが――……」

後悔と罪の意識が強く漂うその声は痛々しく、今すぐ駆け寄って励ましたくなり、環はようやく木の幹から顔を出した。

薄暗い境内の中、エリオは俯いて胸のロザリオを強く握り締めている。環が顔を出したことには気づいていない様子で、大きく肩を上下させた。

「同性愛について訊かれたときも、本物の神父ならどう答えるだろうと考えて、それらしく聞こえるよう厳しいことを言ってしまいました。本心ではなかったのに、その後傷ついたような顔をされて、もしかしたら私に何か相談したかったことでもあったのではないかと……冷たい反応をしてしまった自分を殴りつけたい思いでした」

暗がりの中でも、ロザリオを握るエリオの手の甲にグッと筋が浮かび上がるのがわかった。エリオがどれほど己の言動を悔いているのか伝わってきて、環はおずおずと木から離れる。

草履が地面を擦る音に気づいたのか、エリオが顔を上げる。薄闇の中に浮かぶ顔はやはり苦しそうだ。環を見て、エリオはわずかに目を眇めた。

「……もしかするとその人は、いつも側にいる同性の友人のことが好きなのかもしれないと、そう思ったらもう、夜も眠れません」

久々にエリオの前に立つ緊張感に思考を妨げられ、一瞬何を言われたのかわからなかった。一拍間をおいてから自分が圭吾を好きなのではないかと勘違いされていることを知り、環は目を丸くする。よりにもよって幼馴染みの圭吾とそんな関係になるはずがないと言おうとしたら、エリオがロザリオを手放し両手で顔を覆った。

長身が傾いて、そのまま倒れてしまうのではないかと環は慌ててエリオに駆け寄る。エリオは体を前屈みにして、手の下で呻くように言った。

「一体どうしたらいいでしょう、いくつもの戒律を破って、ますますその人に嫌われてしまうと思うのに、隣人の幸福を祈れません、施すことを幸いと思えません。力ずくでも奪ってしまいたいと思う私は、一体どうしたらいいのでしょう――……」

嘘みたいに情熱的な告白に環は息が詰まりそうになる。これがすべて自分に向けて言われているのかと思うととても信じられない。だがエリオの悔恨は疑う余地もなく、環は崩れ落ちそうなエリオの腕を摑んでその大きな体を支えると、必死でエリオを励ました。

「大丈夫です！　人間誰でも嘘のひとつやふたつつきます！　少なくともうちの神様は嘘をついても反省すれば許してくれます！　それに、その人だって――……」

エリオの動きがぴたりと止まる。掌の下で息を殺しているのさえ伝わってきて、環は視線を泳がせた。エリオが言っているのは限りなく自分のような気もするが、固有名詞が出てこないので確信が持てない。そもそもエリオのような美丈夫が、同性の、目鼻立ちだって平凡な自分にそんな想いを抱いているなど、どうして信じられるだろう。

「その……きっと、その人だって、許してくれます……」

結局第三者のような言い方しかできなかった環だが、エリオはゆっくりと両手を下げ、思い詰めた目で環の顔を覗き込んでくる。

「――……許してくれるんですか？」

エリオが身を屈めているせいで、いつもより互いの顔の距離が近い。至近距離で見詰められると心臓が大暴れして、環はエリオの腕を掴んでいた手をぎこちなく緩めた。

「だ、大丈夫、だと、思うので、その……その人の、名前を呼んでください……」

消え入るような声で環は言う。極めて整ったエリオの顔を間近で見たら、やはり自分が途方もない勘違いをしているとしか思えなくなった。そのまま体を後ろに引こうとしたら、エリオが大きな手で環の両肩を掴んだ。

「環さん」

強い力で引き寄せられて踵が地面から浮きそうになる。怖いくらい真剣なエリオの顔が目の前に迫り、かつてないほど互いの顔が接近した。

「貴方のことに決まっています」

唇に熱い息がかかって環は体を硬直させた。ここまではっきり言われてもまだ信じきれない自分に呆れる。エリオの目は嘘を言っているようには見えないのに。

「商店街の人たちに聞きました。ご友人とは昔から仲がよかったそうですが、彼は過去に何人も女性の恋人がいたのでしょう？　諦めろ、というのは酷なことかもしれませんが……私では代わりになりませんか」

口早に並べ立てられ、環は返事もできずに目を瞬かせる。日本語ができない振りをやめ、最近商店街の人たちと話をするようになったのは、そんなことを聞き出すためだったのか。

自分のためにそこまでするだろうかと疑う気持ちも、熱っぽいエリオの声を耳にしては長く続かない。体を支える芯が溶けてしまったようで、立っているのも危うくなる。

再びエリオの吐息が唇を撫でたと思ったら、エリオがグッと奥歯を嚙み締めた。

「せめて少しは抵抗してください、もう自分を制御する自信もないんです」

「は……あ、あの……」

「キスしますよ」

短い言葉は脅し文句だったのかもしれないが、環にとっては別物だ。アルコール度数の強い酒をいきなり喉の奥へ落とされたようで、ふわりと体が軽くなる。体の輪郭が曖昧になって、首から上が一気に熱くなった。

「抵抗してください、早く……！」

なんの反応も示さない環に焦《じ》れたのか、肩を摑むエリオの手に力がこもる。痛いくらいのそれを感じながら、環は緩慢に首を横に振った。

「……できません」

呆然と呟いて、環はエリオを見上げる。酔ったときのように自分の声が遠い。怪訝な表情を浮かべるエリオに向かって、環は一生言うつもりのなかった言葉を口にした。

「貴方を好きになったのは、多分、僕の方が先です……から」

耳鳴りのように響いていた自分の声が、だんだん鮮明になってくる。夢の中にでもいる気分だった環は己自身の言葉で我に返り、声が見る間に尻すぼみになった。

これといった取り柄のない環はあまり自分に自信がなく、エリオの秀麗な顔を見るとやはり何かの間違いではと何度でも不安になる。もしかしてエイプリルフール、と思ったらざっと背中が冷たくなり、慌ただしく頭の中でカレンダーをめくったところでエリオが動いた。

肩を摑んでいた手が離れたと思った瞬間、両腕でエリオに抱き寄せられて背中が反り返った。今度こそ本当に踵が地面から浮いて、唇に熱い吐息がかかる。

環さん、と名前を呼ばれたような気もしたが定かでない。答える間もなく唇はキスでふさがれる。

初めてのキスに驚いて、声を上げようとしたら唇の間からエリオの舌が押し入ってきた。

「……っ！」

熱い舌先に環の肩が跳ね上がる。エリオの舌はすぐに環の舌に絡みつき、自分のものだと主張するように強く吸い上げてくる。腰に回された腕がきつく環を抱き寄せ、自然と顎が上を向く。キスは一層深く絡まって、環は小さく喉を鳴らした。

ファーストキスがディープキスで、環はろくな反応もできない。一方、これまで穏やかに振る舞うばかりだったエリオの意外な激しさを見せつけられ、不思議な酩酊感に襲われた。

今までこんなにも強く誰かに求められたことなどあっただろうかとぼんやりと記憶を辿り、すぐにそんなことも煩わしくなって環は目を閉じた。

呼吸すら奪っていくような激しいキスに頭の芯がぼうっと霞《かす》む。後頭部に回されたエリオの手が環の髪をゆっくりと梳《す》いて、背筋に甘い震えが走った。

エリオの腕の中で環の体が見る間に弛緩していく。浅い呼吸を繰り返しながらわずかに舌を差し出すと、エリオが嬉々《きき》として自分の舌を絡ませてきた。エリオの口内に引き入れられ、甘く噛まれて、体中の関節という関節が緩んでいくような錯覚に、環はがくんと腰を落とした。

互いの唇が離れ、力を失った環の体をエリオの力強い腕が引き上げる。再び環にキスをしようとしたエリオは、環の息がひどく乱れていることに気づくと唇を頬に滑らせ、環の肩に顔を埋めるようにして環を強く抱きしめた。

「環さん、好きです、信じられない、大好きです」

感極まった様子でぽつぽつと短い言葉を繋いでくるエリオに、環は首筋まで赤くする。

本気だろうかと疑おうとしても、繰り返し好きだと呟いては頬や耳にキスを落としてくるエリオを前にすると、疑う気力も溶かされる。

エリオの大きな体にくるまれるようにして抱きしめられ、考えることなど後回しにしようと目を閉じかけた環だが、その肩越しに拝殿が見えてぎくりとした。

「あ、あの、神父様……その、ここは……」

腰を抱いていたエリオの手が背筋を上下し、首筋に唇まで這って環は声を詰まらせた。

「か、神様が見ているので、これ以上はここでは……っ！」

境内でキスをするのも十分不謹慎だったと遅ればせながら気づいて環が声を大きくすると、ようやく環の首筋をいたずらに食《は》んでいたエリオの動きが止まった。

環の背中に回した腕はそのまま、名残惜しげに体を起こすとエリオは眉尻を下げる。

「すみません。でも、もう少しだけ貴方の側にいたいのですが……」

ストレートな物言いも、異国情緒の漂うエリオが言うとやけに似合う。イタリアの伊達《だて》男《おとこ》ってこんな感じか、と内心思いつつ、環は視線を泳がせた。

「あの……でしたら、家の中に……よ、よろしければ……」

なんだか中で続きをしようと自分から誘っているようで気恥ずかしさを覚えつつ提案すると、エリオは弱り顔で環の髪に唇を寄せてきた。

「でも家にはご両親がいらっしゃるのでは？」

「いいえ、両親は町内会の旅行で家を空けていまして――……」

環の髪にキスをしていたエリオの動きがわずかに止まった。唇が移動して、環の耳元まで下りてくる。

「……お帰りはいつです？」

「は、に、二泊なので、明後日《あさって》の夕方には……」

エリオの吐息に耳を撫でられ、くすぐったいような落ち着かない気分で環が肩を竦めると、耳元でエリオが小さく笑った。

「では、気兼ねなくお邪魔します」

その言葉の裏にあるものに気づけるほどの余裕はなく、環は肩を竦めたまま何度も首を縦に振った。耳の端を軽く噛まれて跳び上がり、またエリオに笑われながら。

すでに祈禱の受付時間も終わっており、環はエリオを参道に残すと、社務所の戸締りをして拝殿に戻る。エリオはその前に立ち、穏やかに笑って環を待っていた。

なんとなく、その唇が濡れているようでまともにエリオの顔が見られない。お待たせしました、と頭を下げて家に向かおうとすると、エリオが片手を差し出してきた。きょとんとしてその手を見下ろすと、エリオが悪戯っぽい顔で笑う。

「神様の前では手も繋いでもらえませんか?」

エリオの意図を察しても、環はすぐに指を伸ばせない。以前冗談で同じようなことを言われたことがあっただけに、何度もエリオの表情を確認して、ためらいがちにようやく指を預ける。おとなしく片手を差し出して待っていたエリオはひどく嬉しそうに目を細め、温かな手で優しく環の指先を握り込んだ。途端に環の心臓がキュウッと甘く収縮する。

こんなふうに好きな人と手を繋いで歩ける日が来るなんて思ってもいなかった。信じられないことばかりだ、とエリオの顔を盗み見たら、最前からずっとこちらを見ていたらしいエリオと目が合った。ヘーゼルの瞳が愛《いと》しげに細められ、環は慌てて明後日の方へ視線を向ける。目を逸らしたことを咎めるように強く手を握られると、嬉しいのか恥ずかしいのかよくわからなくなって、急速に顔が赤くなっていくのをごまかすように口を開いた。

「あの、神父様は、本当にその、神父様じゃなかったんでしょうか？」

動揺が過ぎて最低限の言葉しか出てこなかった環だが、エリオは足りない言葉もきちんと自分の中で補ってしっかりと頷く。

「長い間騙してしまって、申し訳ありません」

「あっ……そうではなくて、本当に全然、疑ったこともなかったので……。拝殿の前でも頭を下げなかったりして、徹底していらっしゃったでしょう？」

「それは、単純に小銭がなかっただけなのですが」

環が自分を神父と信じて疑ってもいなかったのでそれらしい口上は述べたものの、本当は初めて神社に来た日は財布を忘れ、次に来たときは百円だけポケットに入れ、うっかり参拝する前におみくじを引いてしまい手持ちがなくなったのだそうだ。

「お賽銭も入れずに参拝するのも失礼かと思いまして」

クリスチャンとも思えぬ言い草に、環はぽかんと口を開ける。わかってしまえばなんということもない。エリオも苦笑を漏らし、環の手を引いてゆっくりと歩き出す。

前を行く広い背中を見上げ、まだどこか夢見心地で環は呟いた。

「あの……僕、男なんですけど……」

今更のように宣言した環を振り返り、エリオがおかしそうに笑う。

「もちろん、知ってます」

「でも、圭ちゃんがゲイだって言ったとき、逃げ出すような素振りをしたのに……？」

環がそのシーンを見ていたとは思わなかったのか、エリオは軽く目を瞠《みは》るとすぐに苦笑を漏らした。

「一瞬、あれだけ体の大きな人に襲われたらひとたまりもないなと思っただけです。夜道で男性と二人きりになる女性の気持ちがよくわかりました」

同性愛者に対して嫌悪感を抱いたわけではないとエリオは言うが、それでもまだ釈然とせず環は質問を重ねる。

「でも神父様は、女の人の方がお好きなんじゃ……？」

「私は男性でも女性でも、どちらでも――……」

えっ、と環が短く声を上げると、エリオが目に見えて表情を強張らせた。しまった、とばかり目を眇め、素早く環から視線を逸らす。

「いいえ、聞かなかったことにしてください。またイメージを壊してしまったようなので」

「え、あ、あの、ちょっと……」

話を打ち切るように足を速めたエリオの手を、環は大急ぎで強く握り締めた。

「あの…っ…僕は、本当のことが知りたいです！」

エリオの歩調が遅くなって、肩越しにちらりと環を振り返る。その目を熱心に見上げ、環は重ねて言った。

「イメージじゃなくて、貴方のことが知りたいんです」

敬虔な神父かと思えば神父の資格はないと言い、礼拝の代わりに初詣に行って、性に対して潔白かと思えばバイセクシャルだと言う。エリオに対して抱いていたイメージはことごとく崩れてしまったが、それで落胆する気にはなれなかった。むしろ本当の、偽らざるエリオの姿が見たい。

エリオはそんな環の顔をじっと見ると、顔半分を環に向けてゆるりと目を細めた。

「……後悔しても知りませんよ?」

脅かすようなその顔は、これまでの清廉潔白なエリオのイメージとは違っていたが、見慣れない表情に目を奪われ、環はまた胸をドキつかせる。

エリオに手を引かれ自宅に戻った環は、そこでようやく家の中にエリオと二人きりだと気づき、妙に声が上擦ってしまわぬよう意識して口を開いた。

「あの、お茶でも淹れますので……。それとも、軽く夕食でも……?」

「いえ、お気遣いなく。お茶で結構です」

後ろからついてくるエリオを振り返れないまま環は頷く。客間の前で立ち止まり、襖を開けて中で待っていてくれるようエリオに告げたときもまともにその顔が見られなかった。

　廊下を歩いて台所に入り、ホッと息をついたところで背後に気配を感じた。振り返るとそこには何食わぬ顔でエリオが立っていて、環は驚いてたたらを踏んだ。

「へ、部屋で待っててくださいって言ったじゃないですか！」

「言われましたが、ひとりで待っていても淋しいので」

　大きな形をしてこだわりもなく淋しいと言い、あまつさえ「側にいてもいいですか？」なんて甘やかな声で問われてしまっては断ることもできない。

　やかんに水を入れ、急須《きゅうす》に茶葉を入れて湯呑みを用意してしまうと、湯が沸くまでやるべきことは特になく、環は落ち着かなくガス台に置いた手を組んだり解いたりした。

　ミシ、と床を踏む音がして、台所の入口に立っていたエリオが斜め後ろに立つ気配がした。それだけで大いに動揺し、環は唇から漏れかけた悲鳴を直前で言葉にすりかえる。

「あの…っ…神父様はどうして僕を好きになったんでしょう！」

　とっさに口を衝いて出たのは、本来面と向かって尋ねることは憚《はばか》られる類《たぐい》の質問で、うっかりそんなことを口走ってしまった環は心の中で悲鳴を上げる。

「いえ！　すみません！　忘れてください！」

「そうですね、きっかけはなんだったでしょう……」

「やめてください！　すみません、変なこと訊いて！」

「どうして恥ずかしがるんです」

エリオは柔らかな声で笑って、環の後ろから首を伸ばして囁いた。

「初めて会ったとき、一生懸命英語で話しかけてきてくれたでしょう？　あのときも、可愛い人だなって思いましたよ」

耳の側で甘く囁かれ、環はガス台についた両手を握り締めた。こういう言葉を引き出したくてあんな質問をしたようでいたたまれないことこの上ない。羞恥で手足が暴れ出しそうだ。

「それから、落としたロザリオを届けてくれたとき、紙に包んで持ってきてくれたでしょう？　神具だから触れていいかわからなかったと言って。鳥居の前で、神様に挨拶をするために一礼するんだと教えてくれたこともありましたね」

家の中には二人きりだから声を潜める必要もないはずなのに、エリオはひそひそと内緒話でもするように囁く。耳の後ろを吐息が撫でて、首筋の産毛がそわそわと落ち着かない。

「この通り私は偽神父なので、きちんと神様の存在を信じて、真っ当にお仕えしている姿に憧れのようなものを感じたのも、きっかけのひとつかもしれません」

そんなところで好感度が上がっていたとは意外だ。何も特別なことをした覚えのない環は落ち着かない気分で両手を組み替える。

「それから先日の結婚式でも、あの決断の速さと実行力には惚れ惚れしました」

「あ、あの、もう、もう十分ですので……」

褒められるのは嬉しいけれど気恥ずかしい。

ようやくふつふつと音を立て始めたやかんの前で環が忙しなく手を組み直していると、後ろから伸びてきたエリオの手がそこに重ねられた。乾いた掌でゆっくりと手の甲を撫でられ、息苦しいほどに心臓が高鳴る。強く手を握られて恐る恐る振り返ると、斜め上からこちらを見下ろすエリオと目が合った。

彫りの深い顔にくっきりとした笑みを浮かべるエリオを見て、環は震える息を吐く。

きっと今、自分の目からも肌からもエリオを慕う気持ちがにじみ出て、何ひとつ隠せていないに違いない。それがわかっているから気恥ずかしい。だからと言って押し殺せない。困り果てて目を伏せると、額にフッと風が触れて前髪を揺らした。

「何よりも、やっぱり貴方は可愛い」

笑いを含んだ声とともに額にキスを落とされ、環はひゃっと情けない声を上げた。

まともな恋愛経験のない環は、こんなときどんな切り返しをすればいいのかわからない。顔を前に戻したきり振り返ることもできないでいたら、背後からエリオが環の腰に腕を回してきた。

「ちなみに、環さんは私の何が気に入ったんですか？」

環の腹の前で両手を組んだエリオが、身を屈めて環の肩に顎を載せてくる。背中にぴたりとエリオの胸が触れ、環は驚いて背筋を反り返らせた。他人との接触に慣れていないので、いちいち反応が大仰になってしまうのはどうしようもない。ついでに平常心も吹っ飛んで、うっかり本当のことを口にしてしまった。

「ぼ、僕は、一目惚れだったので……っ！」

へぇ？　とエリオが楽しげな声を上げる。と思ったら、環の体を抱く腕に力がこもった。

「瞬間的な性欲の発露ですか？」

ギョッとして肩越しにエリオを振り返ると、待ち構えていたように唇に音を立ててキスをされた。

「ひっ、み、見てたんですか⁉」

一目惚れの正体は瞬間的な性欲だという文面は、環が図書館で借りてきた本に書いてあったものだ。いつの間に、と環は口元を手で隠してエリオを凝視する。

「すみません、随分熱心に何か読んでいたので、どんな内容かな、と思いまして」

横から盗み見たらしい。むしろそのことに気づかなかった自分の間抜けっぷりを環が罵っていると、エリオが猫のように環の肩に頬を擦り寄せてきた。

「それならそれで、私は一向に構いませんが？」

「ちちち、違います！　僕はそんな、不埒な目で神父様を見たことは……っ……」

必死で否定しようとしたら、エリオの指が伸びて環の顎を捉えた。そのまま上向かされ、キスと同時にエリオが深く舌を埋めてくる。

「ん……っんぅ……」

無自覚に逃げようとする環の舌を捕まえ、エリオが柔らかく舌先を噛んでくる。たちまち抵抗の意思を奪われ動かなくなった環の舌にたっぷりと自分のそれを絡ませ、エリオが環の着物の袷《あわせ》に指を這《は》わせた。長い指が袷を割り、鎖骨の下をゆっくりと辿って、環は顎を震わせた。止めようにもエリオに唇をふさがれて声が出ない。

コンロの上で、やかんがぐつぐつと音を立て始める。注ぎ口からも湯気が上がり、なんだか急に台所全体が蒸し暑くなった。鎖骨の下をなぞっていた指先はさらに下へと移動して、環の平らな胸を撫でてくる。膨らみのない男の胸なんて撫でて楽しいのだろうかとちらりと考えたら、わずかに互いの唇が離れた。息継ぎの瞬間、指先が胸の突起に触れる。

「あっ……！」

自分のものとは思えない高い声が上がって、環はガバリと両手で口を覆った。

目の前で、エリオがするりと目を細める。環の声を聞くためにわざと唇を離したらしい。まんまと罠にはまった環は、掌の下で唇を噛み締める。

「……怒らせてしまいましたか？」

ほんの少しだけこちらを気遣う様子でエリオが顔を覗き込んでくるが、その間も着物の下に潜り込んだ手は止まらない。大きな掌で胸を撫で回され、環は唇を噛み続ける。その間もやかんの湯は温度を上げ、口からシュンシュンと湯気が立つ。

外にいたときは寒くて指先が凍えていたのに、今は背中がじっとりと汗ばむほどに暑い。

エリオの指が戯れに胸の突起に触れるたび、体温が少しずつ上昇していくようだ。

「ん……っ……んん……っ」

指の腹で膨らんだ場所をやんわりと押し潰され、環は後ろ頭をエリオの胸に押しつける。妙なところに触られてこそばゆいような、でもどこかもどかしいような。

口元を覆う環の手に、エリオが唇を押しつけてくる。環の指先を軽く嚙むと、環さん、とエリオは掠れた声で環を呼んだ。

「私の方は、ずっと不埒な目で貴方を見ていましたよ……？」

指先にそっと歯を立てられ、環の背筋に震えが走った。胸の突起を指の腹で転がされ、小さな震えが大きなうねりとなって襲いかかる。

「ん、ん――……っ」

親指と人差し指でこよりを作るように尖《とが》りを弄られ、環の腰が落ちかけた。手の下から漏れる声が前より高く掠れてしまう。それを正確に聞き取って、エリオがもう一度環を呼ぶ。

至近距離で、エリオの瞳に緑の光が翻った。促されるまでもなく口を覆っていた手から力が抜け、浅い呼吸を繰り返す環の唇にエリオが唇を寄せてくる。

「これから一緒に、一目惚れの正体を確かめてみませんか……？」

唇に柔らかな吐息がかかる。目の端で、エリオがガスコンロのスイッチに手を伸ばすのが見えた。ガスの炎が消え、それまで忙しない音を立てていたやかんが急におとなしくなる。

顔を背けることもせずエリオの唇を受け止めたのが、環の返事の代わりだった。

エリオに抱きかかえられるようにして自室まで行き、豆電球だけつけた部屋で「布団敷きましょうか」なんてエリオに笑顔で言われたところまでは修学旅行のようなノリだったのだが、敷布団を敷き終えたところで早々に和やかな雰囲気は霧散した。

「ち、ちょっと待ってください、あの……!」

薄暗い部屋に環の焦った声が響く。なんでしょう？　と応えるエリオの声はゆったりしたもので、環はどちらが場違いなのかわからなくなる。二人して布団の上に座り込み、環はエリオの膝に乗って後ろから抱きすくめられている状況なのに、未だにエリオの声だけが修学旅行ののどかさを残しているのはなぜだろう。

「あの、本当に、こ、このまま……？」

「ああ、先にシャワーを浴びますか？」

環の首筋に唇を滑らせながらエリオは思い出したように言うが、そうではなくて、と環は視線を泳がせる。好きだと告げて互いの想いを確かめ合って、その日のうちにキスをして、それどころか布団にまで上がってしまうのが普通なのか。

（よ、世の中の恋愛ってこういうものなのかな……⁉）

もう少し時間をかけてゆっくり、なんていうのはもう古いのだろうか。環の戸惑いをよそに、エリオは環の頰に指を添えて後ろを向かせる。

「環さん、もしかしてさっきのキス、初めてでした？」

単刀直入に切り込まれ、環はとっさに嘘がつけない。芋づる式に、キスもまだなら恋人ができたことすらない事実まで暴かれてしまい羞恥で頰を赤くすると、エリオが密やかに笑って環の頰を撫でた。

「すみません、さっきは焦りすぎました。今度はもう少しゆっくり行きましょう」

その言葉にホッとしたのも束の間、エリオは後ろから首を伸ばし、環の唇に触れるだけのキスをする。ゆっくりというからにはてっきり茶の間に戻ってお茶を飲むところからやり直すのだと思っていた環は、二人の間にある恋愛経験値の差を思い知らされた気分でギュッと着物の袖口を握り締めた。

「あ……の、あの……」

「はい、なんでしょう……？」

ほとんど唇を合わせた状態でエリオが答える。言い淀んで口を閉ざすと、濡れた唇をザラリと舐め上げられた。環の唇の間から心許ない声が漏れ、エリオがわずかに目元を緩める。

自分でも、エリオを止めたいのかそうでないのかよくわからなかった。背中から体重をかけてもまるで揺るがないエリオの腕の中にいると、このままどこまでも流されていってしまいたい気分にもなる。

どちらにせよエリオに抗えるわけもないと環がゆっくり瞼を閉じると、環の内心の葛藤を見越したかのように、エリオが唇の隙間に舌を差し入れてきた。不慣れな仕草で唇を緩めてそれを迎え入れると、環の腰を抱くエリオの腕に力がこもる。

「ん……」

とろりと舌先が絡まって環は鼻にかかった声を漏らす。自身の声に羞恥を煽られ、喉に力を込めて声を殺そうとするが、エリオはそれすら溶かしてしまおうと執拗《しつよう》に舌を絡めてくる。室内に濡れた音が響いて、卑猥《ひわい》なそれに環の耳は焼き切れてしまいそうだ。

エリオを押しのけることも、すがりつくこともできずに環が着物の裾を握り続けていると、エリオの手が再び環の着物の袷に滑り込んできた。

台所を出た後おざなりに前をかき合わせただけだったので、着付けは大分緩んでしまっている。はだけた胸元に手を入れたエリオは、掌全体で環の胸を撫で回してきた。

「はっ……ん……っぅ……」

口内深くまでエリオの舌を含まされ、まともな声も上げられない。呼吸は見る間に速くなる。エリオはわざと感じやすい胸の突起を避け、脇腹を撫で上げたり、鎖骨に指を這わせたりするばかりで、もどかしさに環は身悶えした。

「ん……っ……んぅ……」

触って欲しい、などと間違っても言えない環は、上顎をくすぐるエリオの舌を軽く噛む。

エリオが小さく笑う気配がして、脇腹を辿っていた掌がするすると上がってきた。期待に呼吸が浅くなって、環はもう一方のエリオの手が動いていることに気づかない。

しゅっと衣擦《きぬず》れの音がして、呼吸が少し楽になった。なんだろう、と思う間もなく指先が胸の尖りに触れる。円を描くようにして敏感な部分を捏《こ》ね回されて体を仰け反らせた環は、下腹部に伸びる手に気づいて目を見開いた。

「ち、ちょっと……ま……っ……」

顔を前に戻して視線を下げると、いつの間にか袴の紐が解かれていた。

着物なんてボタンがついているわけでもなければファスナーがあるわけでもなく、固く縛った紐が解かれれば見る間に緩んであちこち隙間が空いてしまう。浅黄の袴の下は白い浴衣のようなものを着ているだけで、無防備に緩んだ裾にエリオは迷わず手を滑らせてきた。

「ま、待ってください！　ままま、まだ……っ！」

「シャワーはもういいでしょう?」

そうではなく心の準備ができていないと訴えたいのだが、焦るあまり言葉にもならない。エリオの手から逃れようとしても、押し下げられた袴が膝の辺りでわだかまって身動きがとれなかった。腰帯一本で体裁を保っていた着物は暴れるほどに着崩れ、乱れた裾を割ってエリオが環の内股を撫で上げる。

息を呑んだ環の耳の後ろで、エリオが小さく笑った。

「環さんは凄く敏感だ」

少しだけからかうような声にカァッと環の頬が赤くなる。他人にこんな場所を触られたことなんてないのだから仕方がないという反論は、エリオが下着の上から雄に触れてきたことで喉の奥深くまで引っ込んだ。

声もなく、喉仏だけが上下した。最初に襲ってきたのは他人にとんでもない場所を触られているという衝撃で、その後から羞恥が噴き出し、快感なんて覚える余裕もなかった。

「ま、待って、待ってくださ……っ」

薄い布越しに柔らかく握り込まれて声が途切れた。すでにすっかり形を変えたものを確かめるように指先で辿られ、全身の血が沸騰する。

エリオ相手に不埒なことなんて考えたことはないと断言していたくせに、顕著に反応を示す自分の体がたまらなく恥ずかしくて、環は着物の袖口で目を覆った。

「い……嫌、です……離して——……」

環の声が潤んだことに気づいたのか、エリオが動きを止めた。こちらの顔を覗き込む気配がして、こめかみの辺りにそっと唇を寄せられる。

「……どうしました？」

囁きながら、エリオが手の中に握り込んだものをゆるゆると扱《しご》く。体はきちんと反応しているのだから、本当に嫌なわけはないだろうと指摘されているようで、環は背中を丸めて体を小さくした。

環のこめかみに唇を当て、エリオはひそひそと囁く。

「もしかして……他人と性的な接触をすると神職を剝奪《はくだつ》される……なんてことはありませんよね……?」

冗談のようなことを真剣に尋ねられ、環は袖の下で目を瞬かせる。違います、と首を横に振ると、心底ほっとしたような吐息が前髪を揺らした。

「だったら、どうして?」

またエリオの声に甘さが戻り、胸に触れていた手が妖《あや》しく動き出した。

指先で胸の飾りを弄ばれて、環は脇腹を痙攣《けいれん》させる。下肢に伸びた手は環の雄を握り込んだままで、きっと環が感じている快楽はすべてダイレクトにエリオに伝わってしまう。

観念して、環はわずかに袖口を下げて白状した。

「……は、恥ずかしいからです……」

「それだけですか? こうして私に触られるのが嫌になったわけではなく?」

それはない、ととっさに大きく首を横に振ると、頰にエリオの唇が押しつけられた。恐る恐る目を上げると、蕩《とろ》けるような笑みを浮かべたエリオの顔が大写しになった。

「それならよかった。続けましょう」

「い、いえっ……でも……!」

両手を下ろして反論しようとしたら、それを封じるようにエリオに軽く唇を噛まれた。豆電球の橙色《だいだいいろ》の光の下、エリオは艶やかな笑みをこぼす。

「いいですよ。恥ずかしがっている貴方はそれはそれは可愛いので、そのままでも私は一向に構いません」

可愛い、なんて成人した男には似合わない言葉をすんなりと口にされ、環は唇をパクパクと動かすだけで何も言えない。そんな環に機嫌よくキスをして、エリオは環の下着の中に手を滑り込ませた。

「……え……わっ、あ……っ！」

大きな掌がすでに頭をもたげたものに直接触れてきて、環は全身を強張らせる。数回軽く擦り上げられると先走りのせいですぐにエリオの掌は濡れてしまい、ぬるついた感触に環は奥歯を震わせた。

他人の手で与えられる快感は深く、一気に腰の奥が熱くなる。一方でエリオの手を汚してしまったという罪悪感も湧き上り、羞恥や快楽や申し訳なさや、様々な感情でもみくちゃになった環の目尻に涙が浮かんだ。

「あっ、あ……っ、や、あぁ……っ」

呼吸が乱れて大きく上下する環の胸をエリオの手が這い回り、ぷくりと膨らんだ胸の先を指先で弾く。張り詰めた弦を弾いたように環の背筋が震え、大きく孤を描いた。

「も…っ…もう、や……やめてください……っ、ぁっ」

声に涙をにじませて環が懇願してもエリオの手は止まらない。それどころか一層激しく環を追いたてようと、反り返った雄を上下に扱いて先端のくびれに指を這わせる。とろとろと先走りがこぼれるせいで淫猥な水音が室内に響き、そこに自分の荒い呼吸が重なって環は両手で顔を覆った。淫らに歪んだ自分の顔をエリオに見せられない。

けれど体は快楽に従順で、エリオの手で擦り上げられるたび、ねだるように腰が震えてしまう。過敏な場所は痛いほどに張り詰め、今にも爆発してしまいそうだ。これ以上エリオの手を汚すわけにはいかないと思うのに、見る間に上り詰めてしまう。

一方の手で環を追いたてながら、もう一方の手でエリオが胸の先端をこね回してくるものだから、堪えきれず環は両手の下で切羽詰まった声を上げた。

「あっ、あぁ……っ、あ――……っ」

仰け反った喉が上下する。全身を硬直させたせいか呼吸器官すら閉じてしまったようで息も吸えない。ギリギリまで神経を研ぎ澄ませた状態で上下に扱かれ、環は息を詰めたままエリオの掌に飛沫《しぶき》を叩きつけてしまった。

「……っ……は……っ」

収縮した喉の奥から微かに息が漏れる。脱力して顔を覆っていた手をずるりと下ろすと、汗の浮かんだ額にエリオが口づけてきた。

「す……すみ、ま……せん……」

切れ切れに環が呟くと、エリオは謝られる理由がわからないとばかり軽やかに笑い、片手で器用に環の袴と下着を脱がせてしまった。

達したばかりでまだぼんやりしている間に腰帯も解かれ、環は白い浴衣と肌襦袢《はだじゅばん》を腕に引っかけただけの状態になってしまう。息も整えられず、ぐったりとエリオに凭れかかる環を後ろから抱きしめ、エリオが潜めた声で呟いた。

「……なんだかとんでもなく罰当たりなことをしている気分ですね」

脱ぎ散らかされた袴へ目を向けた環は一瞬遅れて自分の姿を思い出し、慌てて着物の前をかき合わせた。けれどまだ体の奥に溜まった甘苦しい余韻が抜けきらず、どうしても動きは緩慢になってしまい、あっという間にエリオの腕が膝の後ろに差し込まれる。

膝を立てた状態で脚を開かされ、環は鋭く喉を鳴らした。慌てて脚を閉じようとしたら、体の奥まった場所にエリオの指先が伸びた。

環の放ったもので濡れた指が思いもかけない場所に触れ、環は驚いてエリオを振り返る。驚愕に近い表情を浮かべる環を見下ろし、エリオはとろりと目元を緩めた。

「怖くなったら言ってください。すぐにやめますから」

「こ、怖いことするんですか……?」

うろたえて尋ねる環の鼻先に、エリオが掠めるようなキスを落とす。

「なんでも初めてのときは、怖くなったり不安になったりするものでしょう?」

相手を丸め込むような胡散臭い言葉だったにもかかわらず、キャソックを着たエリオに言われるとうっかり素直に納得してしまった。その隙に、わずかだが体の奥にエリオの指が沈み込む。驚いて体を跳ね上がらせた環を、後ろからエリオが抱きしめた。

「痛みますか……?」

「い……いえ……」

エリオの指はたっぷりと濡れているし、指の先をほんの少し含まされた程度ではさほど痛みは感じない。それでも環が身を固くしていると、もう一方の手が環の雄に触れてきた。

先程達したばかりのそこはまだ柔らかく、いつも以上に過敏になっていて環は胴を震わせる。まだ復活する兆しも見せないそれをエリオは掌全体でやわやわと握り込んできて、環は微かに眉根を寄せた。

痛いわけではないのだけれど、軽く撫で上げられただけで腰が震えた。一度引いていった快楽の波を、無理やり引き寄せられるのは意外と体力がいる。全身の筋肉を引き絞るようにして上り詰めた直後だけに、体が甘苦しさを訴えた。

「そ……そんな、すぐに……無理です……っ」

泣き言を漏らす環の耳朶を、エリオが後ろからそっと食む。

「……強くしませんから」

耳の穴に流し込まれる声は低く甘く、環の抵抗心を根こそぎ奪う。それに言葉の通りエリオの指先は壊れ物を扱うようにそっと環に触れてきて、ぬるま湯に浸っているような快楽に環はろくな抵抗もできず睫毛を震わせた。

一方の手で表面を撫でるような愛撫をされ、もう一方の手は少しずつ体の奥へ入ってきて、環はぐったりとエリオに凭れかかり、何度も内腿を強張らせ、爪先を丸めた。

「う……っ、ふ……っ…ぁん……」

時間の感覚も曖昧になるくらいゆっくりと時間をかけてエリオの指を根元まで含まされ、環は顎を仰け反らせた。

「痛みますか」

何度目かの質問に、環はグスグスと鼻を鳴らして首を横に振る。余程時間をかけてくれたおかげか痛みはほとんど感じないが、許容量を超えた刺激の数々に頭がついていかず、拭っても拭っても目元に涙がにじんでしまう。

「だったら、まだ恥ずかしいですか?」

環の耳殻に歯を立てながらエリオが尋ねてきて、環は緩慢に首を振った。

「よく……わかりません……」

「辛ければ、ここまでにしておきましょうか……?」

重ねて問われて環は押し黙る。心なしか、耳に当てられたエリオの歯が強くなった気がした。何かに耐えているようなそれを感じて、環は湿っぽくなった着物の袖口で顔を覆う。

「――……それは嫌です……」

ポロリと口から漏れたのは環の本心だ。何しろ後ろに座るエリオはまだボタンひとつ外していない。自分ばかり追い上げられて終わってしまうのは嫌だった。

めそめそしながらもその一点だけはしっかりとした声音で環が告げると、耳の後ろでエリオが密かな溜息をついた。

「……生まれて初めて、他人に手玉にとられる気分が理解できました」

「え……誰にですか……？」

素で尋ねる環に苦笑を漏らし、エリオは環の内側に埋めていた指をゆっくりと抜き差しする。たちまち直前に口にした疑問など吹き飛んで、環は小さな悲鳴を上げた。

皮膚の下で何かがぞわりとうねるような未知の感覚に体が逃げを打つ。だがエリオはそれを許さず、深々と埋めた指を中でぐるりと回した。

「ひ…っ…あ、あ――……っ」

潤んだ内壁を押し上げられ、腰骨から背筋にかけて震えが駆け上がった。長いことエリオの手の中で撫で擦られていた自身もピクリと震え、先端からまた蜜が滴り始める。

「あ、あ……っ、あっ……ん……や…っ…」

見る間に熱を取り戻した自身にエリオの指先が絡みつき、ゆっくりと上下に動く。そうしながらエリオが後ろを探る指をもう一本増やしてきて、環は着物の袖口を嚙んだ。

「ん……んん…っ…ぅ……」

「環さん、声が聞きたい」

背後で囁くエリオの声から、わずかだが余裕が消えている。抗えず嚙み締めていた袖口を口から離すと、さらにもう一本指が増やされて環は身を捩《よじ》った。

「ひっ、あっ、あぁっ……！」

引き攣れるような痛みに悲鳴を上げる直前、もう一方の手が敏感な先端の括《くび》れを柔らかくこねてきて息が止まった。この短時間でエリオは環の感じやすい場所をすっかり覚えてしまったようで、苦痛はあっという間に快感で塗り潰される。

「ひ……あ、あん……あっ……」

しゃくり上げるような声を上げてエリオの腕にすがりつくと、耳の裏でエリオが喉を鳴らした。いきなり首筋にきついキスをされ、強く吸い上げられる。肌に走ったわずかな痛みは、瞬時に拡散してジンとした痺れに変わった。

痛みが別のものに変換される。それを与える相手がエリオだと思っただけで、甘い疼きに取って変わる。ぼんやりとかすむ頭では初めての体験を上手く処理できず、環はただ滴るような甘い声ばかり漏らした。それがどれほど後ろにいるエリオを煽っているかなど、環の想像の及ぶところではない。

「あっ、は……ぁ……、あん……あっ……」

複数の指がじっくりと内側を出入りする。一緒に張り詰めたものを扱かれ、環は切れ切れの声を上げた。苦痛と快楽が絡まり合って判然としない。ゆっくりと奥まで指が押し入ってきたとき、腰骨の奥から何か熱いものがにじみ出てきて環は一際高い声を上げた。

耐えかねたように背後でエリオが息を詰め、いきなり強く抱きしめられたと思ったら目の前の布団に押し倒された。

ずるりと指が引き抜かれ、環は声もなく身を震わせる。

「すみません、限界です」

いつの間にかすっかり余裕をなくした声でエリオが呟き、布団に倒れ込んだ環の髪にキスをする。

それまで後ろからずっと環を抱きしめていた体が離れ、汗ばんだ背中にスッと冷たい風が触れた。息を乱しながら振り返ると、豆電球の薄暗い光の下、エリオが手早くキャソックのボタンを外している。喉元を隠す黒いキャソックの下にエリオが着ていたのは、丸襟の黒い半袖シャツだ。そういうものを着ているのか、とぼんやり見ていたら、視線に気づいたのかエリオが照れたように笑った。

「あまり見ないでください、下は適当なんです」

偽神父ですから、と自嘲《じちょう》気味に呟いてエリオは半袖のシャツも脱ぐ。

環は何か言いかけたが、闇の中に浮かび上がったエリオの体を見て、息と一緒に声まで呑み込んでしまった。

ほとんど露出のないキャソックに隠されていたエリオの体は、胸が広く、首筋もがっしりとして、優しげな顔立ちとは裏腹に逞しかった。薄闇の中でも腹筋の陰影が見えるほどだ。うっかり見惚れていたらエリオがベルトまで緩め始めて、環は慌てて目を逸らす。自分だって腕に着物の袖を通しているだけで半裸のようなものなのだが、他人が服を脱ぐ姿をじっくりと見るのは憚られた。

衣擦れの音の後、布団の上で横向きになっていた環の上にエリオが覆いかぶさってくる。

「見るなと言ったら、今度は本当に全然こっちを見なくなってしまいましたね」

環の横顔にかかる髪をかき上げ、頬にキスを落としながらエリオが苦笑交じりにこぼす。気恥ずかしくてなかなかエリオの方を見られないでいると、頬や耳元に柔らかなキスが繰り返され、環はそろりと視線を動かした。

環の顔の横に両手をついてこちらを見下ろしていたエリオが、嬉しそうに笑う。剝き出しになった肩周りの筋肉にしばし見惚れてから、あ、と環は小さな声を上げた。

よく考えたら、室内には一切暖房器具がついていない。自分はまだ着物を羽織っているからいいが、エリオは一糸纏わぬ姿だ。布団を探すが、敷布団を敷くと同時にエリオに抱きすくめられてしまったものだから、掛け布団はまだ押入れの中だ。

「どうしました？」

環の目顔に気づいたエリオに声をかけられ、環はごそごそと着物の袖を抜いた。ついでに肌襦袢も一緒に脱ぐ。

自ら着物を脱いだ環を驚いたような顔で見ていたエリオの背に、環は脱いだばかりの着物を被せる。

「あの……何かかけるものがないと、寒いので……」

直前まで喘《あえ》ぎ続けていたせいで、少しだけ声が掠れていた。自分でもそれがわかって小さな咳払《せきばら》いでごまかすと、こちらを見ていたエリオの顔が笑みで崩れた。

何か笑われるようなことでもしたかとうろたえる環に、エリオが唇を寄せてくる。

「あの、風邪を引いたら大変なので……寒いですし……」

「そうですね、ありがとうございます。嬉しいです、本当に環さんは可愛い」

最後にポロリと妙な言葉が混じった気がしたが、すぐにキスで唇をふさがれてしまって何も言えなかった。

「ん……っ……ん――……」

どちらからともなく舌を伸ばして絡ませ合った。後ろからのキスを首を捩じって受け止めていたときより、深く絡まる。

エリオが環の脚を割って入ってきて、内腿に熱いものが当たった。触れてもいないのに昂《たか》ぶっているそれがなんなのか察して、環の体がカッと火照る。

薄い着物を一枚かけただけなのに、その下で二人分の体温がこもって蒸し暑いくらいだ。互いの唇の隙間で荒い息を吐いていると、本格的にエリオが環の脚を抱え上げてきた。窄《すぼ》まりに熱い切っ先が触れて、環の息が乱れる。

「息を止めないで……できるだけ楽にしていてください」

唇の先で囁くエリオの息も乱れている。環がわずかに頷くと、顎先にエリオが唇を滑らせてきた。ゆっくりと顎の下から首筋へ唇が下りてきて環が喉を仰け反らせると、グッと入口に圧がかかる。

「あ……っ……」

震えた喉にきついキスが落とされる。強く吸い上げられ、また痛みと快楽が混ざり合う。

「あ……っ、あ、あっ……」

押し広げられる痛みと、その下から微かに湧き上がる快楽。痛みの方が圧倒的に強いが、それでも環はわずかな快楽にすがりつく。首筋に顔を埋めたエリオの後ろ頭に指を差し込み引き寄せると、唇が移動して胸の突起を口に含まれた。

「あ…っ…ん、や……ぁっ……」

強く吸い上げられて布団から背中が浮いた。と思ったら今度は舌全体でトロリと舐め回され、背中にぞくりとした震えが走る。

触れられてもいないのに、項《うなじ》の毛をかき上げられた気分だった。肌が粟立《あわだ》って束の間だが穿《うが》たれる痛みを忘れる。

わずかに環の体から力が抜けたのを察し、エリオがさらに腰を進めてきた。

「ひぁっ……あっ、あぁっ……！」

痛みに身を固くするとまた胸の先端を吸い上げられ、音を立てて舐めしゃぶられた。そうして少しでも環の体が緩むと、またじりじりと雄が押し込まれる。

「ひ…っ…ん……っ、あ……っ」

室内は冷え切っているはずなのに、背中や額に汗が滲んだ。冷や汗なのかもしれない。胸の先端に軽く歯を立てられて腰が跳ね上がる。強い刺激が痛みなのか快楽なのか、最早まともに判断がつかない。

そんなことを一体どれほど繰り返したのか。ようやく根元まで呑み込んだときには、二人して汗だくになっていた。

「環さん……」

顔を上げたエリオの顎から、汗が滴り胸に落ちる。そんな些細《ささい》な刺激にさえ肌を震わせる環を見下ろし、エリオは眉間に深い皺を刻んだ。

「大丈夫……ではありませんよね……すみません……」

散々泣いて喘いで体力を使い果たした環は、ぼんやりとエリオを見上げる。エリオは額に

汗を浮かべ、何かを堪えるように眉を寄せていた。エリオとて、暴走しそうになる自分を制御するのに必死なのだろう。

環は指を伸ばして、エリオの額に張りついた髪を後ろに撫でつけた。

「……大丈夫です」

「まさか……すみません、無理をさせました」

「大丈夫ですから——……」

抱きしめて欲しいとは言えず、環はエリオの首に腕を回して引き寄せた。察したエリオが環の背中に腕を差し入れ、体が浮き上がるほど強く抱きしめられて環は深い溜息をついた。

気持ちがいい、と思う。強がりではなく。痛みがすべて引いたわけでもないが。

じかに触れ合う素肌が気持ちいい。抱き寄せてくれる腕の強さに体の芯が蕩ける。

耳元でエリオが小さく息を呑み、わずかに環を揺すり上げた。

「あっ……」

目の前がくらりと揺れる。一瞬体の中心を貫いたものがなんなのかわからず、環は薄く目を閉じた。間近にあったエリオの首に頬を擦り寄せるとわずかにその首筋が強張り、再び腰を揺すられた。環さん、とエリオが押し殺した声を上げる。

「……無自覚にやってるんでしょうが……煽らないでもらえますか」

「な……何、が……あっ……ぁ……」

尋ねる途中で二度、三度と優しく体を揺らされ、語尾が甘く溶けた。エリオの息が上がってきて、環の背中を抱く腕に熱がこもる。それに引きずられるように自分の体温も上昇して、環は熱い溜息をついた。

下腹部が重苦しい。だがそれ以上に充足感が体を満たしている。伸ばした腕をエリオの背中に回すと、かけていたはずの着物はすでに腰の辺りまでずり下がっていた。剝き出しの肌に指が触れ、夜気に晒されてもなお熱いその背に環は掌を滑らせる。

撫でるようなその仕草に気づいたのか、ゆっくりと抜き差しを繰り返しながらエリオが環の顔を覗き込んできた。

「心配しなくても、寒くないですよ」

「でも…っ…汗が……」

汗ばんだ肌が冷えたらさすがに風邪を引く、と快楽でかすむ頭でぼんやり思ったら、エリオが闇の中で綺麗に並んだ歯を見せて笑った。

「セックスの最中にそんな心配してくれる人、初めてです」

キャソックを脱いだエリオの笑顔が初めて年下らしく見えて、環の胸がキュウッと苦しくなる。いつもの見慣れた穏やかな笑みも、目の前の少し幼い顔も等しく好きだと思ったら、知らずにエリオを締めつけていた。

「ん……っ、あ……あぁ……っ」

「……環さん？」

環の声色が少し変わったことに気づいたのか、エリオが注意深く腰を進めてくる。奥を穿たれ、環はのたうつように身をくねらせた。いつの間にか快楽の崖際《がけぎわ》に立たされていたことに唐突に気づかされ、すがるようにエリオの背中に爪を立てる。

エリオが短い息を吐いて環の脚を抱え直した。確かめるように何度か抜き差しを繰り返し、環の声が蕩けていることを確認すると本格的に突き上げてくる。

「あっ、あ……っ、やぁ、あん……っ……」

「環さん、凄く熱い」

荒い息の下、繰り返し環を貫きながらエリオが囁いて、体の中心に火をつけられた気分になった。

男のくせにこんなふうに抱かれて喘ぎ、体を熱くしている自分が恥ずかしい。けれど今や快楽はごまかしようもなく環を呑み込み、エリオの言葉を否定するどころか、喘ぎ声を押し殺すことさえ難しい。

深々と咥《くわ》え込まされ腰を揺らされ、環は爪先でシーツを掻いた。

「や、あぁっ、あっ、あ……っ！」

エリオの動きに合わせて短い声が漏れる。ギリギリまで引き抜かれたと思ったら深く穿たれ、ぐずぐずに溶けた場所を手加減なく突き上げられて、荒波にもみくちゃにされているようだと思った。呼吸も覚束ないのにエリオが噛みつくようなキスをしかけてきて、水の中で互いの息を分け合うような、がむしゃらなキスをする。

「ん……ふっ……あ……っ」

それまで互いの腹の間で曖昧に擦られていた環の雄にエリオが指を絡ませてきて、環の背中が反り返る。中にいたエリオを締めつけてしまったようで、エリオが軽く息を呑んだ。

手の中に環自身を握り込んだままエリオが腰を揺らしてきて、急速な射精感に環は後ろ頭を強くシーツに押しつけた。

「あっ、や、だ……っ！　い……っ、あぁっ！」

「いって、環さん、このまま——……」

一際深々と貫かれたのと、甘く掠れた声が耳に流し込まれるのは同時で、環は全身を強張らせた。シーツの上で腰が跳ね、エリオの手の中に飛沫を叩きつける。

射精の余韻も引かぬうちにエリオが力強く突き上げてきて、環は涙混じりの嬌声を上げた。体がばらばらに弾け飛びそうだ。苦痛を快感が塗り潰してくれたはずなのに、強すぎる快感はまた苦痛に近いものになる。

「や…っ…あ……あぁ……っ……」

手加減なく揺さぶられ、体がシーツの上をずり上がる。目の前が白くなったところで深く埋め込まれていたものが勢いよく引き抜かれ、腹の上に熱い飛沫が散った。

うっすらと目を開けると、俯いたエリオが肩で息をしていた。再び胸にエリオの汗が落ちて、環は最後の力を振り絞り、エリオの背中に回していた腕に力を込めた。

環の動きに気づいたエリオが、体重をかけぬよう加減しながら身を倒して互いの胸を重ねてくる。心地よい重みと温かさに深い溜息をついたら、同じように息を吐いたエリオが環の首筋に顔を埋めてきた。

環さん、と名前を呼ばれ、はい、と答えたような気もしたのだけれど、意識を保っていられたのはそこまでで、天井の豆電球を見ながら環はゆっくりと意識を手放したのだった。


翌朝。いつもと同じく、目覚ましが鳴る十分前に環は目を覚ました。

部屋の中はまだ薄暗い。環が眠っている間にエリオが押入れから出したのか、体にはきちんと掛け布団がかけられていた。

そして目の前には、裸の胸に環を抱き寄せて眠るエリオの姿がある。

環はしばし、意識を手放してもなお美しいエリオの寝顔に見惚れてから、エリオを起こさぬようそっと布団を出た。

薄い抹茶《まっちゃ》色の着物に着替えて境内に出た環は、一歩ごとに下腹部に違和感を覚え、昨晩の情交の激しさを思い出してひとり頬を赤らめた。

火照った頰を明け方の冷たい風が撫で少しだけ平常心を取り戻したところで、境内を囲う木々の向こうに夜と朝のあわいを漂う町の全景が現れた。

空は地上付近がうっすらと明るくなったばかりで、頭上には星が出ている。

夜の仕事を終えた歓楽街のビル群は眠たげな光を瞬かせ、近隣の家屋からは雨戸を開けたてする音とともに朝餉《あさげ》の順準をする音が微かに響き始める。朝と夜の狭間《はざま》の景色だ。

遠くには、背の高いスカイツリーのシルエットがうっすらと浮かび上がっている。環は側にあった木に凭れ、時間も忘れて朝靄に溶けるその姿に見入った。

風が吹いて境内の木々が揺れる。その音にまぎれて、近づいてくる足音に気づかなかった。

「環さん」

声をかけられびくりと肩が跳ねた。急に全身に力を入れたものだから体の節々が痛んで顔をしかめると、後ろから腰を抱き寄せられた。

「目が覚めたらいなかったので、びっくりしました」

振り返って確かめるまでもなく、環の首筋に顔を埋めたのはエリオだ。

熱を帯びた声で恨み言めいたことを囁かれ、環はしどろもどろになる。咎めるように耳朶に歯を立てられ、環は恥を忍んで白状した。

「すみません……どんな顔で朝の挨拶をしたらいいか、わからなくて……」

昨晩散々淫らな行為をした後だとはいえ——むしろだからこそ、朝の光の下でどんな顔をすればいいのかわからなかった。

エリオはしばし黙り込み、ゆっくりと環の腰に回していた腕を解く。

いい年をして恥ずかしがってばかりで、さすがに呆れられてしまっただろうか。環が身を固くしていると、その肩を後ろからエリオが摑んで自分の方へと振り向かせた。

「こんな顔でいいんですよ」

おっかなびっくり見上げたエリオの顔は、いつもの優しい笑みをたたえていた。

「おはようございます、環さん」

朝と夜の境界線上にある町を見下ろす場所で、エリオが言う。途端に目に映る風景は朝のそれに姿を定め、夜が明けてもなおこうして自分に笑いかけてくれるエリオに、環の体から力が抜けた。実のところ外へ出てからずっと、昨日の自分の反応は変ではなかったか、エリオに愛想は尽かされなかったかと、本気で不安に思っていたのだ。

おはようございます、と環も頭を下げると、エリオが目の前に片手を差し出してきた。つられたように自分の手を重ねると軽く引かれ、エリオの胸に抱き寄せられた。

両腕で柔らかく抱きしめられ、あ、と環は小さな声を漏らす。

頭の中に、もう何度も夢で見てきた光景が蘇った。朝靄の中で相手の顔はよく見えないのに、こうして抱き寄せられるたびに自分はこう思ってきたはずだ。

(ああ、この人だったんだ——……)

天啓に近いものを受けた気分で環が目を閉じた、その瞬間だった。

ブワッと足元から風が巻き起こり、周囲の木々が一斉に天に向かって枝先を突き上げた。突然の強風に環を抱くエリオの腕に力がこもり、環もとっさに目の前の胸にすがりつく。その間も風は周囲の木々を大きく揺らし、渦を巻いて参道へと吹き抜ける。長い石畳の上を凄《すさ》まじい速さで吹き抜けた風は拝殿を呑み込んで、賽銭箱の前にぶら下がる鈴がガガガッと上下に揺さぶられるような音を立てた。

風が最後の一打を叩きつけたかのように、ガラァアン、と一際大きな鈴の音がする。それを耳にした瞬間、以前にも同じことがあったと環は思った。あれは確か、エリオと初めて会った日ではなかったか。

あの日の風は、拝殿の後ろにある本殿から吹きつけてきたような気がした。だが今の風は逆に、本殿に向かって吹き込んでいったようだ。

(——お戻りになった)

自然とそんな言葉が頭に浮かんだ。何が、と自問するより早く、エリオが環を抱いていた腕を少しだけ緩めた。

「凄い風でしたね。大丈夫でしたか?」

頭の端に浮かびかけていた答えはその声でするりとどこかへ逃げてしまい、環は夢から覚めた顔で頷いた。風もやみ、ゆっくりとエリオから体を離した環は、そこで初めてエリオがズボンの上に黒い半袖のシャツしか着ていないことに気づき目を瞠った。

「そ、そんな格好で外に出たら風邪を引きます！　せめて何か上に着ないと……」

「仕方ないじゃないですか、起きたら環さんがいなかったから驚いたんです」

「でも神父様——……」

言いかけたところで環の唇にエリオが人差し指を当ててきた。

「神父様、はやめましょう。もう偽神父は終わりにします」

「あの、では……真壁さん……」

「冗談でしょう、名前で呼んでください」

「え、エ………エリオさん……」

「さん、はおいおい取っていきましょうね」

エリオは笑って人差し指をどけ、上向いた環の唇に軽いキスをした。挨拶のような軽やかさでキスを仕掛けてくるエリオに逐一赤面しつつ、環はおずおずと尋ねる。

「……本当に、神父様はやめてしまうんですか？」

「そうですね、資格も持っていませんし。新しい神父を呼ぶめどがついたら、式場の給仕スタッフに回ろうと思います」

「でも、この町の人たちは貴方を神父様だと思い込んでますよ……？」

言われてエリオは、今気がついた、という顔でぐるりと視線を回す。

「普段から神父服で歩くのは、式場の宣伝を兼ねた叔父の提案だったんですが……。そうですね、昨日まで神父をしていた男が、礼服で皿の上げ下げをしていたら変ですよね」

「それに、すでに式を挙げられた方々も微妙な気分になりそうですが……」

エリオに限らず、世間では神父や牧師の資格がない者が式を執り行うこともあるらしいが、新郎新婦が最後までその事実を知らずに済むならまだマシだ。となれば、エリオはこのまま偽神父を演じ続けるか、教会から姿を消すのが望ましい。記念日に当人たちが再び式場を訪れる可能性もなくはない。

「いっそのこと、講習を受けて本当に牧師様になってはどうでしょう?」

難しい顔で腕を組んだエリオに環が提案すると、エリオは軽く目を瞬かせた。

「それはまぁ……私もこの仕事自体は嫌いではなかったのですが……」

「僕も、似合っていると思いました」

間髪入れずに返した環の顔を見下ろして、エリオが真顔になる。

「……本当に、そう思いますか?」

「はい、この神社で式を執り行ったとき、貴方が新郎新婦の二人を心から祝福しようとしているのが伝わってきました。とてもいい式だったと思います」

真剣な顔で環の言葉に耳を傾けていたエリオの顔に、わずかだが照れくさそうな表情が過ぎる。それを隠すように、エリオはくっきりとした笑みを浮かべた。

「環さんがそう言ってくれるなら、本格的に検討してみます」

環も笑顔で頷き返す。お世辞ではなく、きっとエリオならいい牧師になれるだろう。

「風も出てきましたし、そろそろ戻りましょうか」

エリオがごく自然に環の肩を抱いてきて、頬を赤らめた環は先程とは一転してぎくしゃくと頷く。そんな環をエリオが愛しげに見ていることなど、当然環は気づかない。

「あの、そういえば神父さ……ではなくて、エリオさんは今日、お仕事は……?」

エリオの目顔に気づき途中で呼び名を改めると、エリオが満足気な笑みを浮かべた。

「実は朝一で挙式があるんです。まだ時間も早いですし、一度家に戻ろうと思います」

「え、ご自宅はそんなに近いんですか?」

「ええ、隣町ですが、自転車で十分ほどです」

自転車！　と環は少し声を大きくする。予想外の反応だったのか目を丸くしたエリオに、環は慌てて言い添えた。

「あ、あの、まさか、その格好で……?」

「いえ、まさか。普段着ですよ。ジーンズにパーカーで」

ジーンズにパーカー、と、環はよその国の言葉を口にするようなぎこちなさで繰り返す。

大雨の日に父のジャージを着ていた以外はキャソック姿のエリオしか見たことがなかっただけに、カジュアルウェアのエリオというのが俄かに想像できない。

そんな環の思いを表情から読み取ったらしく、エリオが肩を竦めて苦笑する。

「自宅も川沿いの狭くて古いアパートです。……またイメージを壊してしまいましたか？」

弱り顔のエリオを見て我に返った環は、大きく首を振って一歩前に足を踏み出した。

「いえ、ぜひ見てみたいです。私服で自転車に乗っている姿を」

「そんな、意気込んで見るものでもありませんよ」

「アパートも、よろしければいつかお邪魔させてください」

ジーンズにパーカーも、自転車も川沿いの古いアパートも、確かに環がエリオに対して抱いていたイメージとは違う。無意識にもっとハイグレードなものを想像していたのは事実だ。

けれど環は、それを見たいと思う。

幻滅どころかわくわくした。恋した相手のまだ知らない部分を知ることは、環にとっては心躍ることに他ならない。

いつになく前のめりに申し出た環のそんな心情は、きちんとエリオにも伝わったらしい。

「でしたら、いつでもいらしてください。念入りに掃除しておきますから」

そう言って、エリオは少し面映ゆそうな、でも隠しようもなく嬉しそうな顔で笑った。

他愛のない話をしながら拝殿の前を通り過ぎようとしたとき、ふいにエリオが足を止めた。

「せっかくだから、お参りさせてもらっていいですか？　お賽銭はありませんが……」

「大丈夫ですよ。お賽銭は自身の汚れをお金に移して祓うためのものですから、絶対に必要というわけでもありません」

へぇ、と感心した声を漏らし、拝殿の前に立ったエリオが鈴を鳴らす。大きく柏手を打ち両手を合わせて頭を下げたエリオの隣で、この際二礼二拍手一礼なんて作法は抜きにして環も頭を下げた。

目をつぶると拝殿の向こうから弱い風が吹いてきた。それを受け、環は思う。

この神社に祀られているのは縁結びの神様だ。昔から自分は周囲の人たちに、いつか貴方にも神様が良縁を結んでくださると言われて育ってきた。

天真爛漫《てんしんらんまん》にその言葉を信じていたわけではなかったが、今ならば少し違う。

（……目を開けたら、一目惚れの正体はうちの神様かもしれないって言ってみようか）

環は口元に笑みを浮かべる。ロマンチックがすぎるとエリオは笑うだろうか。

拝殿から吹く風は柔らかく、傍らに植えられた桜の木には、咲き始めた花が揺れていた。

あとがき

熱しにくく冷めやすい海野です、こんにちは。

巷で何やらブームが巻き起こるたびに、「まぁそのうち……」とスルーして、ブームが下火になった辺りで手を出し、「こんなにも面白かったのか！」と地団駄踏んで熱中するものの、またしばらくするとスーッと熱が引いていくという。

熱中期間があまりに短いため、最初から最後まで見向きもしなかったと思われることもしばしばです。

ときとして人に対しても同じようなことが起こり、たとえば世間で人気のイケメン俳優やミュージシャンに対しても、最初はぼんやり眺めていて、大分時間が経ってから、それはもう世の中がその人物に対して「イケメン」とか言うのをやめるくらいその人物が確固とした地位を確立してから初めて「あ、この人凄く美形だ……！」と気づいたりします。

そんな話を先日友人にしたところ、「その人が格好いいことはもう二十年ほど前から皆知ってる」と言われてしまいました。いや、私もそうなんだろうとは思ってたんですが、自分の中で腑に落ちるまでに随分時間がかかる質のようです。

そんなわけで、今回のお話に出てきたような一目惚れも私自身は体験したことがなく、自分の中ではちょっとファンタジーというか、一種の霊感めいたイメージがあり、作中では微妙にファンタジーっぽい扱いになっています。

話は変わって今回はイラストを金ひかる様に担当していただきました。本当にありがとうございます！　いつも他の作家さんの挿絵でお見受けしていたので、今回担当していただけてとても嬉しいです！　読者の皆様は当然もうご覧になられていると思いますが、現時点でまだイラストを見ていないので私は今とてもわくわくしております！

そして末尾になりますが、この本を手に取ってくださった読者の皆様、本当にありがとうございます。少しでも楽しんでいただけましたら、これ以上の幸いはありません。

それではまた、いつかどこかでお目にかかれることを祈って。

海野　幸

海野幸先生、金ひかる先生へのお便り、
本作品に関するご意見、ご感想などは
〒101-8405
東京都千代田区三崎町2-18-11
二見書房　シャレード文庫
「初恋の神様」係まで。

本作品は書き下ろしです

CHARADE BUNKO

初恋《はつこい》の神様《かみさま》

【著者】海野幸《うみのさち》

【発行所】株式会社二見書房
東京都千代田区三崎町2-18-11
電話　03(3515)2311[営業]
　　　03(3515)2314[編集]
振替　00170-4-2639
【印刷】株式会社堀内印刷所
【製本】ナショナル製本協同組合

落丁・乱丁本はお取り替えいたします。
定価は、カバーに表示してあります。

ISBN978-4-576-15053-6

http://charade.futami.co.jp/